HAKAN ÖZKAN

ALFA KADINI OLMAK

OLİMPOS®

ALFA KADINI OLMAK
HAKAN ÖZKAN

Editör: Ezgi Bilgi Gümüş
Düzeltmen: Arzu Alan
Kapak Tasarımı: Betül Akyar
Sayfa Tasarımı: B&S Ajans

4. Baskı: Eylül 2021
ISBN: 978-605-7906-45-8

OLİMPOS YAYINLARI
Maltepe Mah. Davutpaşa Cad. Yılanlı Ayazma Yolu No:8 K:1 D:2
Davutpaşa / İstanbul
Tel: (0212) 544 32 02 (pbx) Sertifika No: 42056
www.olimposyayinlari.com - info@olimposyayinlari.com

Genel Dağıtım: YELPAZE DAĞITIM YAYIN SANAT PAZARLAMA
Maltepe Mah. Davutpaşa Cad. Yılanlı Ayazma Yolu No:8 K:1 D:2
Davutpaşa / İstanbul
Tel: (0212) 544 46 46 Fax: (0212) 544 87 86
info@yelpaze.com.tr

Baskı: MY Matbaacılık San. ve Tic. Ltd. Şti.
Maltepe Mah. Yılanlı Ayazma Sok. No: 8/F Zeytinburnu/ İstanbul
Tel: (0212) 674 85 28 Sertifika No: 47939

HAKAN ÖZKAN

ALFA KADINI OLMAK

OLİMPOS®

KADINI NASIL KAYBETTİNİZ?

Onun duygularını daha az önemsediğinizi fark ettirdiğinizde onu kaybettiniz. Savaşmanız gerektiğinde savaşmayarak, gitmez sanarak onu kaybettiniz. Kadın, kendisini umursamayan biri için savaştığını fark edince onu kaybettiniz. Aslında kalmak istiyordu ama siz onu yanınızdan uzaklaştırdınız. Onu iğrenç davranışlarınızla uzaklaştırdınız; takdir etmediğiniz, hafife aldığınız, sizinleyken bile kendini yalnız hissettiği için kaybettiniz. Başka hiçbir kadın sizin için onun kadar iyi olmayacak ve sizi o kadar fazla sevmeyecek. Bundan sonra çevrenizdeki kadınlar size onun kadar saygı duymayacaklar, onun gibi hayranlıkla bakmayacaklar. Onun yaptığı kadar büyük fedakârlıklar hayatınızda olmayacak. Ama ne var biliyor musunuz? Onun için iyi bir şey yaptınız. Onu ittiniz ve onu hak ettiği gibi takdir edecek, sevecek, ona değer verecek biriyle olması için bir şans verdiniz ellerinizle. Onu üzerek doğru bir şey yaptığınız kimin aklına gelirdi ki?

Sevmesi zor görünen kadın talepkâr, karmaşık, kaba ya da kıskanç değildir ve hayır, aşka inandığı için saf da değildir. Sevmesi zor gibi görünebilir ancak bunun tek nedeni, tam olarak neye ihtiyacı olduğunu bilen ve bundan daha azıyla asla tatmin olmayan bir kadın olmasıdır. Bu gerçeği hiç kimse değiştiremez. Görüyorsunuz ki onlar için savaşmaya değer tek şey aşktır. O güzel kalpli kadınlar için aşk her şeydir, bu zalim dünyayı daha iyi yapan da onların bu düşüncesidir.

Sevgi, çevremizdeki diğer insanlara karşı daha nazik ve kibar olmamıza yardımcı olur. Bu, bir kadını; sevilmesi zor, çok karmaşık ve aşırı korumacı gibi gösterebilir ancak onu gerçekte olduğu gibi yapan şey onun karmaşıklığıdır. Belki şu anda göremiyorsunuz ama bu kadın sevginize değer veren birisidir. Aşırı korumacı davranışları sizi sıkmasın çünkü o sadece hayatında çok şey görmüş, savunmasız bir ruhtur. Bu nedenle kendini korumanın bir yolunu bulmalıdır yoksa tekrar acı çekmeye başlayacaktır. Bugün tekrar sevmekten korkuyor. En karanlık sırlarını açmaktan ve yaymaktan korkuyor, bu yüzden ona yardım elinizi uzatmalısınız. Çok zor olsa bile ona karşı sabırlı ve hoşgörülü olmak önemlidir çünkü onunla birlikte olmaya ne kadar hazır olduğunuzu ona gösterecek olan tam da bu anlardır. İnanın bana sevmesi çok zor görünen kadın, yanınızda tutmanız gereken bir kadındır çünkü bu kadın size meydan okuyacak, hayatınızı iyileştirecek, kendinizin ötesinde büyümenize yardımcı olacaktır. Hayatınızı daha kolay hâle getirecektir. Bu kadın her gün aşkınız için savaşacak. Onun için doğru adam olduğunuzu ve onun güvenini hak ettiğinizi anladığı zaman sonsuza kadar yanınızda kalacaktır. Hayat ne kadar zor olursa olsun sonsuza kadar sizinle olacağına söz verecektir. Onun için doğru kişi olduğunuzu ve onun güvenini kazandığınızı anlaması yeterli olacaktır. Hayat ne kadar zor olsa da hep sizinle kalacaktır. Bu kadının açılması zaman alacak, sonunda etrafınızda özgür ve rahat hissetmesi zor olacaktır. Nihayet kalbine girmenize izin verdiği an birlikte hayatın tadını çıkarmaya başlayacaksınız. Bu kadın her zaman size sadık kalacaktır. Hayat sizi nereye götürürse götürsün ve ne kadar zor olursa olsun ona, onun için doğru adam olduğunuzu gösterdiğiniz vakit size kalbini ve ruhunu adayacaktır. Hayatında zaten yeterince mücadele eden bir kadın olduğu için çok temkinli olmalısınız. Onun şefkatini kazanmak zor olacak çünkü acısını derinlerde yaşıyor ve sabırlı olmanızı bekliyor.

"Her şey gelir geçer, önemli olan o zor anlarda yanınızda kimin olduğudur. Geceleri kafanızı yastığa koyduğunuz anda gelen yalnızlık hissi yüreğinizi daha da acıtır. Yalnızlık, bu aşağılık dünyada bize verilmiş en büyük mahkûmiyettir. Acısı bizim azat edilmek için çığlık atmamıza sebebiyet verir ama imkânsızdır acısız kalmak. Bir mezarın başında ağlarken sırtını kim sıvazladı mesela, hastane koridorunda seninle kim dua etti, yokluğu kiminle paylaştın? Her zorluk atlatılır da bunlar unutulmaz."

SEVGİ BU TOPRAKLARDA KADINA YASAK MEYVE Mİ?

Her zaman onu suçladı. Kötü bir gün geçiriyor, gergin hissediyor ya da iş yerinde bir sorun yaşıyorsa onun hatasıydı. Tüm kötülüklerden dolayı kadını suçladı. Kadın onun günah keçisiydi. Bu zalim adam, kadından özür dilemek veya pişmanlık duymak yerine onu duygusal olarak istismar etti ve ondan mutluluğu emdi. Onu kıskanması için hiçbir sebep olmasa da o öyleydi. Arkadaş ya da akraba olmasına rağmen onun hiçbir erkekle konuşmasına tahammül edemiyordu. Kadının sahibiymiş gibi davranıyordu. Kiminle takıldığını, nereye gittiğini kontrol ederek onu dünyadan izole etti. Doğru olmayan şeylere onu inandırmanın yolunu her zaman buldu. Kadın, onun yalan söylediğinden ya da aldattığından şüphelenince kadını deli olduğuna inandırmakta da çok iyiydi.

Duyguları olmayan bu adam sadece kendini sevebilirdi. Kadının ne istediği, neye ihtiyaç duyduğu ya da nasıl hissettiği hiç umurunda değildi. Kadın ise dersini aldı ve her zamankinden daha güçlü hâle geldi. Acı çekti ve hayatının acıdan başka bir şeye dönüştüğünü gördü. Adamın, kendisinden yararlanmasına ve onu duygusal olarak tüketmesine izin vermeye devam ederse durumun daha da kötüye gideceğini biliyordu. Ayrıca kendisine acıyarak asla bir çıkış yolu bulamayacağının da farkındaydı.

Kaybetme korkusu çok fazla hasar verir insana. Onu hâlâ çok seviyor ve geri istiyorsun eminim. Kaybetme korkusu da her şeyi yapmana izin veriyor. Burada gerekli olan, bu korkuyu yenebilmendir. Ona karşı çok güçlü duyguların var. Bu onu önemsediğin anlamına gelir. Onu geri kazanırsan, mutlu olacağını düşünüyorsun ama bu duygu sadece ve sadece seni ikna etmeye çalışıyor. Kaybetme korkusu sana gerçekleri değil, eski sevgilinle olan geçmişini değil, sadece sevgilini kaybettiğinde ne kadar incindiğini gösterir. Oyun oynar aklın seninle.

Bir gün gerçekten birine güvenebilmeyi çok istiyorum. Saatlerce ulaşamadığım zaman felaket senaryoları yazmamak, bana soğuk davrandığında "kesin bir sıkıntı var." diye düşünmemek, aldatılma paranoyaları yaşamamak. Dünyanın en zor şeyi birine güvenmek olsa gerek.

KADINLAR MÜKEMMELİ DEĞİL, ONU SEVEN ADAMI İSTERLER

Doğru bir erkeğin nitelikleri hakkındaki tüm konuşmaları, bizi mutlu etmek için yapması ve yapmaması gerekenleri, doğru erkeği nasıl bulacağımıza dair kılavuzları, taktikleri, işaretleri araştırırken kendimiz için doğru olanı arıyoruz. Çünkü artık kırılmak istemiyoruz. Bizim "ERKEK" tanımımıza uyan, belirli niteliklere sahip biri tek istediğimiz. Kadınlar birkaç başarısızlıktan sonra mükemmelliği aramanın anlamsız olduğunu anlar çünkü mükemmellik bu dünyada var olmayan bir kelimedir. Platon'un idealar dünyası felsefesini incelerseniz demek istediğim şeyi çok daha doğru tanımlarla anlamış olacaksınız. Kadınların istediği mükemmelden öte kendini kontrol altına alabilen, beyniyle düşünen bir adamın kadını olabilmektir.

Kusursuz bir vücuda ve yüze sahip, hatasız bir adama ihtiyaç yok. Önemli olan tek şey gözlerini ve sözlerini tutabilecek olgun bir adam. Ayaklarını yerden kesecek değil, bizimle çılgınlıklar yapacak; aya, yıldızlara götürecek değil; uzun, sıcak yaz gecelerinde oturup ay ve yıldızlara hayran kalarak sohbet edebilecek, değer verdiğini hissettiren bir adam yeter. Kadınlar önceki hayal kırıklıklarının tecrübeleri sayesinde onlardan çok şey beklememeyi öğrenir ve bu yüzden kusursuzu aramaktan vazgeçer. İhtiyaç olan tek şey ne istediğini bilen, kendileri için savaşan ve onlara sahip olduğu için gururlandığını kadına belli eden karakterli bir arkadaştır. Ne istediğini bilmeyen, bugün onu yarın diğerini isteyen bir çocuktan ziyade paylaşmayı ve sevmeyi bilen biri yeterince mutlu eder kadınları. Akıl oyunları oynayacak, kendini daha az değerli hissedecek birini istiyor olsalar eski sevgililerine dönerler.

Kadınlar, ona emanet edilen kırık kalbi kendi kalbini koruduğu gibi koruyacak, karşılıklı değer gösterecek basit, sessizsakin bir ilişki ister. Bir de onları hafife alan, kazanana kadar savaşıp kazanınca umursamayan çocuk adamlara bakıcılık yapmayı sevmezler. Aşk sizin düşündüğünüz kadar basit değil beyler. Birini fethetmeye çalışırken her türlü zorluğa göğüs gerip sonra savaş alanından kaçacak erkekler boş beleş varlıklardır kadınların gözünde. Kadınlar; prenses, kraliçe olmak; bal, süt ve altınla yıkanmak, günümüz lükslerinde yaşamak değil; her an, her durumda, ne olursa olsun yanında olacak biriyle mutlu olmak ister. Alçakgönüllülük, küçük şeylerin güzelliği, kâğıttan yapılan bir çiçek yeter onları mutlu etmeye.

Kalbini kırmasına değil bu tavrın,
gönlünü alma çabasına girmeyişine.

HER KADIN KENDİSİNİ MUTLU EDECEK OLAN BİR "İYİ GECELER" MESAJINI HAK EDER

Sevdiğin, değer verdiğin adamdan gelen minik bir "İyi geceler" mesajı küçük bir jest zannedilse de aslında senin için her şeydir. Yatmadan önce aklında gezinen son kişi olmak, seni düşündüğünü bilmek, onun için önemli olduğunu hissetmek her insanın hoşuna gider. Bu bilgilerin hepsi o küçücük, romantik mesajda gizlidir. Kadınlar böyle erkeklere ihtiyaç duyar çünkü böyle erkekler ince ruhludur, sevdiğini belli eder; üzmemek, kusursuz olmak için çabalamak yerine sevdiği kadını tanıdığı için nasıl affedileceğini bilir, duygularını gizlemez, olayları karmaşıklaştırmaz ya da ulaşılmazı oynayarak kibriyle karşısındaki kadını incitmez.

Oyun oynayan ve davranışını veya suistimalini çözmemiz gereken bir adama ihtiyacımız yoktur. Tatlı "İyi geceler" mesajı atmayı düşünebilen erkek, o kadını önceliği olarak gören, yatakta bedenden çok kalbe dokunmaya çalışan bir erkektir. Mesajları konusunda cimri bir adam istemeyiz çünkü bu adam diğer bütün konularda da cimri olacaktır. Duyguları, zamanı, sevgisi, sıcaklığı ve sevgisiyle cimri olacaktır fakat sağlıklı bir ilişki böyle olmaz, olmamalı.

Seven adam; kadınını öpücüklerle yıkar, kadınına uzun ve sıkı bir şekilde sarılır çünkü kadınının tam olarak olması gerektiği yerde, ait olduğu yerde olmasını hissetmesini ister. Sevdiğimiz adam bize saygı göstermeli, onun için tek kişi olduğumuzu ve duygularının katıksız olduğunu göstermelidir.

Yapmazsa bizi hayal kırıklığına uğratır. Bak güzel kadın; senin, seni hayatında istediğini gösterecek kadar cesur bir adama ihtiyacın var çünkü böyle olan adam seni sakinleştirir, abartılı düşüncelerini sona erdirir, ilişkilerin acı verici değil iyileştirici olduğunu sana verdiği değerle kanıtlar.

Öpüp de prens yaptığımız kurbağanın canı elbette sinek çekecekti. İçin rahat olmasın, yazık ettin bize. Kurbağayı koltuğa oturtsan dahi, çamuru görür görmez yapacağı ilk iştir çamura atlamak. Bilmem anlatabildim mi? "Ne aptalmışım! Belki seni daha 'az' sevsem gitmeyecektin." dediğin oldu mu hiç? Bir tek bana vaktin yoktu, herkese ömrünü harcadın.

HAYAT HESAPLA DEĞİL, NASİPLE YAŞANIR

Bizlere her zaman iyi olmanın bize faydasının olduğu, her şeyin bu hayatta bir karşılığı ve bu dünyada ilahi adaletin var olduğu öğretildi. Fakat sevdiğimizi zannettiğimiz kişiyle tanıştığımız zaman her şey değişiyor değil mi? Onunla yaşamak zorunda olduğunuz her şey umudunuzu, inancınızı zayıflattı çünkü ihanete uğramış gibi hissettiniz. Bu tecrübe hayatınız boyunca inandığınız her şeyi yok etmenize sebep oldu. İlk günden itibaren bu konuda her şeyi olması gerektiği gibi yaptınız, her zaman sevgilinizin yanında oldunuz, ona fazlasıyla değer verdiniz, hem sevgilisi oldunuz hem arkadaşı oldunuz, olgun davrandınız, bencil olmadınız ve her zaman ona, onun sizin için ne kadar değerli olduğunu hissettirdiniz. Tüm hayatınızı ona adadınız ve sahip olabileceği en iyi arkadaş olmak için uğraştınız. Çabalarınızı gerçekten de çevreniz görebiliyordu; herkes onu deliler gibi sevdiğinizi gördü. Ona olan sevginizin ne kadar koşulsuz olduğunu görebiliyordu fakat o herkesin görebildiği bu şeyleri göremiyordu.

O, size sanki onun için yeterince iyi değilmişsiniz gibi davrandı, sizi umursamadığını hayvan gibi belli etti. Emeklerinizi hiç düşünmeden kalbinizi kırmaya ve hayatınızı mahvetmeye devam etti. Şimdi olan her şeyden, onca yıpranmadan sonra olanların nedenini, fedakârlığınızın neden asla karşılık bulmadığını merak ediyorsunuz. Bu yaptıkları ondan hak ettiğiniz bir şey bile değilken nasıl oldu da bu kadar acıya katlanmak zorunda kaldınız? Gerçek şu ki hayallerinizin adamı olduğunu düşündüğünüz kişi sonunda sizi en kötü kâbusunuz olan bu cehenneme itti. O aşağılık herifin, onun için yaptığınız şeylere değmediğine inanamazsınız.

Tüm yaşamınız boyunca inandığınız bu ilahi doğruluk, bu ilahi adalet nerede? Sizden aldığı tüm sevgiye rağmen bu adamın neden sizin yanınızda kalmadığını merak ediyorsunuz. Bunu kendinize itiraf etseniz de gerçek şu ki inancınız artık eskisi kadar güçlü değil. İyi insanların başına sebepsiz yere, korkunç şeyler geldiğine inanamazsınız ve Allah'ın neden hayatınızın en büyük aşkını sizden almak zorunda olduğunu merak edersiniz. Size bu konuda söyleyebileceğim tek bir şey var: Bunu muhtemelen şimdiye kadar anlayamadığınız bir nedenle yaptı. Aslında Allah bunu, her zaman olduğu gibi, sizin iyiliğiniz için yaptı çünkü bu adam sizi terk ettiğinde aslında ondan kurtuldunuz. Allah sizi mutlu etmek için onu hayatınızdan uzaklaştırdı. Öyleyse kızmak yerine bu ayrılık için Rabb'ime şükredin. Rabb'im sizi parçalanmaktan, sonsuz sefalet ve acı dolu bir hayattan kurtardı, bu yüzden inancınızı kaybetmeyin. Onu sizden aldığında size alabileceğiniz en iyi armağanlardan birini, daha mutlu bir gelecek şansı verdi. Ayrıca bu adam kesinlikle sizin hayatınızın aşkı değildi, aksine amacına hizmet eden önemli bir dersten başka hiçbir şey değildi. Sadece sizi gerçekten hak eden adamlarla, hayatınıza almamanız gereken adamlar arasındaki farkı göstermek için oradaydı. Size sevginin ne olmadığını, bir ilişkinin nasıl olmaması gerektiğini göstermek ve asla taviz vermeyeceğiniz konuları öğretmek için hayatınıza girdi. Bu adam sadece sizi gelecek tüm iyiliklere hazırlamak için geldi. Güçlü bir kadına dönüşün. Hazır bir kadın olmalısınız; bu yüzden şimdi anlayamadığınız şeylerin cevaplarını aramayın, soruyu yaşayın ve inancınızı yeniden bulmaya çalışın. Allah'ın planını asla sorgulamayın, bir gün her şey çok net olacak, bana güvenin.

Hayatın merkezine Allah'ı koyarsanız, onun "Bak!" dediği yerden bakarsanız, sorunlarınızı o çözer. Kişisel gündeminiz olabilir ama bunları Allah'ın önüne koymamalısınız.

EY TÜRK KADINI!

Türk kadını ve erkeği ailede baskı altında, şiddet görerek ve kıskançlığı sevgi olarak görerek yetişiyor. Küçüklükten beri erkeği belli bir kalıba sokuyoruz toplumca. "Erkek dediğin vurdu mu oturtacak ve maço olacak." diyen kızlar da az değil. Alfa erkek varken siz kendini bir halt zanneden sünepe erkeklere maço erkek deyip onları yüceltiyorsunuz. Açıkçası ben hiçbir zaman o tarz bir erkek olamadım ama o tarz insanlara rağbet de çok fazla. Evlatlarımızı yetiştirip nesilleri şekillendiren ve bir milletin kaderini belirleyen Türk kadını, bu çürümüş sistemle savaşan tek kişi olmayacaktır. Erkek evladını da bunlara rağmen büyütüp diğerlerine örnek olmalıdır.

Yoksa biz bu toplumda eski sevgili veya boşanmış eş tarafından işlenen cinayetleri de daha çok görürüz. Kadınlar artık o kadar yoruldu ki her gün haberlerde kadın cinayetleri görmekten kime güvenip güvenmeyeceklerini bilmiyorlar.

Kadın aşktan geçti, sevgiden ve huzurdan geçti; Türk kadını şiddet uygulamayan, katillik duygusu barındırmayan erkek arıyor.

KADINA ŞİDDET VE KADIN CİNAYETLERİ

Her gün haberlerde kadına şiddet, kadın cinayeti ve kadına taciz, tecavüz olaylarını görüyorum. Her zaman "Bu son olsun bu topraklarda." dedikçe her gün daha fazlasını görüyorum acıyla.

Türk kadınının bunları asla hak etmediğini ısrarla yazdıkça yine de bana gelen danışanlarımdan bu şiddet ve taciz olaylarını duyuyorum. Kadınların ilişki esnasında zaten zor, ezici, baskıcı tavırlarından dolayı üzülüp kendilerini kahrettiği yetmiyormuş gibi bir de ilişki esnasında hem psikolojik hem de fiziksel şiddete maruz kaldığını görüyorum. Bu olayları şiddetle kınıyorum ve o erkekleri de aciz ve aşağılık görüyorum.

Siz kadınlar, hiçbir erkeğin bu hâl ve tavırlarına maruz kalmak zorunda değilsiniz. Edebi ile sizi sevmeyen birini görüp bu hareketlere yeltendiğini ya da bunu savunduğunu gördüğünüz anda arkanızı dönüp uzaklaşmanızı istiyorum. Sizler sadece benim okurum değilsiniz. Hem bir yandan yakın bir arkadaş hem de bir kız kardeşimsiniz. Sizleri kadın olarak baş üstünde tutuyorum ve sizlere sonsuz saygı duyuyorum. Sizler bu hayattaki en güçlü, en zeki ve en güzel insanlarsınız...

KADINA ŞİDDETİN SEBEPLERİ

Şiddet, dünya üzerinde sadece aciz ve aşağılık insanların başvurduğu kaba ve sert davranışlardır. Şiddet sadece fiziksel değildir, illa vurmak dövmek gerekmez. Eğer kötü söz söylenirse de küfür edilirse de aynı şeydir. Ağızdan çıkan bir söz veya bir cümle eğer kadını kırıp gözünden bir yaş damla düşmesine sebebiyet veriyorsa o da şiddettir.

Kadına yönelik şiddet ülkemizde son dönemlerde ciddi artış göstermektedir. Her gün gözümüze sokula sokula haberlerde veya sosyal medyada görüyoruz. Kadına şiddet karşısında çaresiz kalınışı ve şiddete uğrayan kadının nasıl yardım alması gerektiği konularındaki bilgisizliği görmekteyiz.

Özellikle ailelerin barıştırma konusundaki sert baskıları şiddetin duyulmasındaki en büyük engeldir. Bizler bu şiddete "dur" demek içinde bunu etrafa duyurmalıyız ve çevremizde şiddete uğrayan kadınlara elimizden geldiği kadarıyla yardımcı olmalıyız. Bunun bilincine varırsak kadınlarımız için çok büyük bir adım atmış oluruz.

Birinin seni kaybetmekten korkmasına o kadar ihtiyacın var ki... Hasret kalmışsın böyle önemsenmelere. Ama o ezik erkek sünepesi sürekli seni itip kakıp örseleyerek senin öz güvenini ve cesaretini kırdı. Sen sadece sevgi ve ilgiye muhtaç kalmışsın. Bir daha dönmemek üzerine çek kapıyı ve yoluna bak güzel kadın. Seni edebiyle sevecek, hakkına girmeden el üstünde tutacak biri elbet karşına çıkacak.

İLİŞKİ İSTEMİYORSA ISRAR ETMEYİN

Birlikte değilseniz onu hayatınızın merkezine koyarak ayrıcalık yapmayın. Elektrik alma doğrudur, hisler ortadadır, iletişim mükemmeldir ama o henüz bir ilişkiye hazır olmadığını söylüyor. Paşası size sadece kırıntılar verip sizi daima uzakta tutuyordur. Sizden bağlılık, sadakat ister ama sizden istediklerini kendisi size sunmaz. Bu duruma son vermenizin zamanı geldi de geçiyor bile. Ona karşı, onun size hissettiğinden daha büyük duygularınız varsa sizi ara sıra görmesine izin vermemelisiniz. Onunla olan, sizin fedakârlıklarınız sayesinde oluşan, duygusal bağınız mahvolacak olsa da taviz vermeyin. Biriyle vakit geçirirsiniz, duygular gelişir, hayal edebileceğinizden daha hızlı bağ kurarsınız, sürekli yazarsınız, birbirinizin neredeyse her düşüncesini öğrenirsiniz fakat siz her şeyi bedavadan verdiğinizde o neden bu ilişkiyle ilgilensin ki? Daha fazla ilgi beklemeniz çok normal ama sunmuyorsa bu konuda sorumluluğu üstünüze alın.

Size hak ettiğiniz değeri vermiyor, beyefendi gibi davranmıyorsa siz de onu takmayacaksınız. O sizin önceliğiniz, bir numaranız, evreninizin merkezi, kralınız olabilir ancak o da sizi kendi hayatında aynı yerlere koymuyorsa verdiğiniz değere layık değil demektir. Ayağa kalkıp sizin için bir şeyler yapmaya hazır değilse sizi hak etmiyordur. Zamanınızın gerçekten mutsuz geçmesine izin vermeyin. Kontrolün onda olduğunu hissediyor olabilirsiniz, bunun sebebi daha sonra çok daha uzun belirsizlik dönemleriyle şımarttığı muazzam neşe dolu anlardır.

Onun aklı da kalbi de tutarsızdır ve böylece hayatınızı altüst eder. Mesela sizi tüm bunların değişeceğine inandırıyor, size olan hislerinden bahsediyor, gelecekle ilgili birlikte planlar yapıyorsunuz, sonra aniden hiçbir yerde onu bulamıyorsunuz çünkü çok meşgul. Her gece arkadaşlarıyla dışarıda olmak onun meşguliyeti. Yaptığı şey büyük bir saygısızlık ve durması gerekiyor. Hayatınızda daha iyi biri olması gerektiğini hatırlayın lütfen. İlişkiye hazır olmadığını söyleyen bu şeref yoksununa "düzelir" düşüncesiyle ayrıcalıklar tanımayın ki o da size vermesi gereken değeri anlasın.

Birinin seni sevmediğini bilmene rağmen neden onu salmıyorsun? Gitmiyor ne demek?
Sen bunla yetiniyorsun diye gitmiyor.
Biri kaderinde varsa kovsan dahi senden gitmez.

IŞILTINI HİÇBİR ZAMAN KAYBETME

Bir erkeği fiziksel anlamda baştan çıkarmak pek zor değildir ama onu kalben baştan çıkarmak... Bakın bu işte gerçekten de çok zordur. Peki, sevdiğiniz erkeği duygusal anlamda kendinizi fazla yormadan nasıl baştan çıkarabilirsiniz? Gözünüze kestirdiğiniz erkeği fiziksel anlamda baştan çıkarmaya odaklanmayın çünkü bu pek de zor olmasa gerek. Onun size gerçek anlamda âşık olmasını istiyorsanız, onu duygusal anlamda nasıl baştan çıkaracağınız dersine iyi çalışmalısınız. Bu her kadının harcı değil, peşin peşin söyleyeyim.

Genelleştirmek istemem ama çoğu erkek, özellikle tanışma esnasında ve ilişkinin başlarında, onunla denemenizi size nasıl kabul ettirir tam da bunu hesaplayarak kendisini size bu doğrultuda tanıtır. Asıl duygularını, hissettiklerini ve amaçlarını perdelemeye çalışır. Çünkü erkeklerin başlıca amacı, sizin her şeyden önce ona bu şansı vermenizi sağlamaktır. Erkeklere göre sonrası kolay zaten, bu bariyeri yıktıktan sonra, tahminlerine göre kadın zaten hemen bitiremez, başkasına gidemez lakin tüm bunları kendisine yakıştırmaz. (Pek de haksız sayılmazlar dürüst olmak gerekirse aslında.) O yüzden her erkek kendisini kadını elde edene kadar muhteşem gösterir.

İlişkin başlamadan bitsin istemiyorsan "Paşasının sevdiği kadın olamadım, tüh kahretsin" demek istemiyorsan yapacaklarının liste başındaki ilk şey; ondan çok hoşlansan dahi hatta ufaktan âşık bile olduysan da ona bunu hissettirmemektir. Size tuhaf gelebilir ama gerçekten de bu sevgi işleri böyle. Sevildiğini ilk başlarda duymaktan, hissetmekten hoşlanan erkekler de mutlaka vardır var olmasına ama erkeklerin çoğu, inanın bu konuda lütfen bana, bu tür davranan kadınları basit buluyorlar. Cazip gelmiyor erkeğe ta ilk günden, kendisini delicesine seven bir kadın sevginin sihrini bozuyor.

Neymiş? "Allah kahretsin kalbimin ayarı yok, sevdim mi çok seviyorum." desek bile, ne yapıyoruz, çok sevdiğimizi başta HİSSETTİRMİYORUZ.

Demem o ki ben şimdi sana "Kalk gel." demem.
Beklerim hep ama "Gel." demem. Diyemem. Çünkü
öyle öğrendim.

Öyle büyümüş ki içimizdeki yalnızlık, sevilmeyi beklerken beklemeyi sevmişiz. Oysa insan, kendisini anlayanın yanında çiçek açar. Önemli olan; en çok şeye sahip olmak değil, en az şeye ihtiyaç duymaktır. Zor insan değilim ben. Kişi sevdiğinin ahlakıyla ahlaklanır; bu sevenin elinde değildir, sevgi bunu icap ettirir ama kötüler kendilerine tahammül edildikçe daha çok azarlar. Bu yüzden olanlar oldu bende. Öyle büyümüş olanlar... Kimseye "Eyvallah" yok.

BAHANE ARAMAYA GEREK YOK!

Davranış biçimlerini neden değiştirsinler ki? Her yeni sevgilide başka bir role bürünebildikleri suretleri varken... Sürekli devam edeni ortak edinebiliyorlar, tüm dikkatleri üzerlerine çekmeyi başarıyorlar. İhtiyaç duydukları ilgiyi görüyorlar ve farklı kadınlarla aşk yaşayabiliyorlar. Yani bir ilişkide yaşanabilecek tüm güzellikleri tadıyorlar. Birinin kalbini mi kırmışlar, sevgisini mi sömürmüşler, kullanmışlar mı hatta ahını mı almışlar; umurlarında dahi değil. ŞEREF YOKSUNLARI her zaman birinin kalbini onarmak yerine, yenisini bulurlar.

Suçlarını kabullenip af dilemek yerine, kendilerini canla başla haklı çıkarmaya ve yağ gibi üste çıkmaya çalışırlar. Yeni birini bulduklarında da yeni bir oyuncak sahibi küçük çocuklar gibi, onu gözüne sokarcasına sürekli sana gösterirler. Böylelerinin oyununa gelmeyin.

Ayrıldığınıza üzüleceğinize, kurtulduğunuza şükredin. Bugün kıskandığınız kişi, yarın daha beterini yaşayacak çünkü narsist kişilik bozukluğuna sahip birileri asla vermeyi bilmez, sadece alır. Bazen sadece sizden istediklerini öğrenmek, garantiye almak için daha fazla tez elde etmek için yalandan sevgi verirler, ilgiliymiş gibi gösterirler oysa onların kullanım amacı hep almaktır. O yüzden de her şeyi hesaplı yaparlar, "Minimum ne yatırarak ne elde edebilirim?" derler. Onlar sevmek ne bilmezler, sadece "Nasıl en basit yoldan seviyormuş gibi yapmalıyım ki kat kat daha çok sevilirim"in hesaplarını yaparlar. Alabilecekleri her şeyi aldıklarında ise ilk yapacakları şey topuklamaktır. Ne zaman sen daha da güçlenirsin, artık umursamamaya başlarsın, o zaman yine lağım fareleri gibi bir şekilde hayatına girmek isterler. Seni sevdiği, pişman olduğu, özlediği de en bilinen bahaneleridir; böylesi oyunlara gelmeyin.

Kaybettim sandıkların,
kurtulduklarındır belki de.

Gitmemiz gereken insanlarda fazla kaldık, bu da bizim hatamız. Ne kadar seversen sev, umursanmadığını hissettiğin an bitmiştir. Bunu kafanıza vura vura öğretin kendinize. Bir insanın değer vermediğini anlamak hiç zor değil, zor olan bunu kabul etmek. Sevginin göstergesi ilgidir. Umurumda olduğun süreci kaçırmasaydın keşke. Kapıyı göstereceğimiz yerde anlayış gösterdik diye bunlar hep.
Sevgisini söyleyene değil, tereddütsüz hissettirene inanıyoruz. Yorucu bir his... Her şeyi pişman olacağımız kadar fazla denedik.

SİZDEN DESTEK İSTEMEYEN BİRİNE YARDIM EDEMEZSİNİZ

Bazen sevdiklerimiz için bir şeyler isteriz ve sözümüzü dinlemedikleri zaman üzülürüz fakat şunu unutmamalıyız ki bir insan, kendisi istemediği sürece hiç kimse ona yardım edemez. Biliyorum, bu dünyada kurtarılması gereken, kırgın, yardıma muhtaç, eski yoluna geri dönmek isteyen ama nasıl yapacağını bilmeyen çok fazla insan var ama unuttuğumuz bir şey var: Hepimiz kırgınız. Hepimiz hayatımızın bir ya da daha fazla döneminde cehennem gibi süreç/süreçler geçirdik; çaresiz kaldığımız, çıkış yolu bulamadığımız, umudumuzu kaybettiğimiz dönemlerden geçtik ve yine de hayatta kaldık. Hayat bizi çok sık sınadığında savaşma motivasyonumuz kaçar ve kendimizi salıveririz ama gelişmemiz ve karşımıza çıkacak daha zor dönemlere hazırlanabilmemiz için kendi gerçeklerimizi ve kaderimizi yaşamaya ihtiyacımız vardır. Bazen de hayattaki zorlu yolumuzda yürümeyi sevdiğimiz insanlarla, kırgın insanların yaralarını sarmakla kolaylaştıracağımızı hissederiz fakat kendimizi, rüzgârda oradan oraya sürüklenen bir yaprak gibi oradan oraya atmaktan daha kötüsü herkesi kurtarabileceğimizi düşünmektir.

Evet, kurtarılmaya değer, sadece biraz yardıma ihtiyacı olan insanlar var ama herkesi kurtarmaya gücümüz de hayatımızın süresi de yetmez. Ayrıca kurtulmak, hayatını düzeltmek istemeyen birine yardım edemeyiz ve onlar bu konuda ikna edilemezler. İnanın bana değişmek istemeyen bir insanı aşkınızla değiştiremezsiniz. Merak ediyorum, kurtarılmak istemediği hâlde neden ısrarla onun hayatını düzeltmek için çabalıyorsunuz? Toksinleriyle yaşayabilen insanlar, gerçeklerle yüzleşmek yerine başka tarafa bakmayı, acılarıyla yüzleşmek yerine kaçarak acıyı ortadan kaldırmayı tercih ederler. Dünyadaki hiçbir insan, sevgi, ilgi; böyle zehirli düşüncelere sahip insanları değiştiremez. Korktuğunuzu biliyorum ama sizin için iyi olmayan birini kaybetme korkusunun üstesinden gelmelisiniz ve zehirli düşüncelere sahip birine karşı fedakârlık yapmayı bırakmalısınız.

Her kim olursa olsun, bir insanı ne kadar çok severseniz sevin asla kendinizden önce onu düşünmeyin. Mesela az miktarda bir paranız varsa ve onun sevdiği meyveyle kendi sevdiğiniz meyveyi almak arasında tercih yapmak zorunda kalacaksanız, bu seferlik kendi sevdiğiniz meyveyi alın. Her zaman hayatınızın merkezine kendinizi koyun, başkalarını değil. Çünkü hayatınızın merkezine koyduğunuz kişi sizin ihtiyacınız varken gelmezse, sizi yapayalnız bırakırsa çok acı çekersiniz, hayal kırıklığına uğrarsınız ama hayatınızın merkezinde kendiniz olursanız zor da olsa bir şekilde ayağa kalkarsınız. Bu tecrübe size, insanların hayatlarının çok zor olduğu hikâyelerine inanmama yeteneği kazandırır. Her insan zor dönemler geçirir ama bu dönem hiç kimseye, başkalarına kötü davranma hakkını bahşetmez. Biz insanlar bu dünyaya imtihan edilmek, savaşmak için gönderildik. Hepimiz içsel mücadeleler yaşıyoruz fakat hiçbirimiz insanlara zarar verme hakkına sahip değiliz. O yüzden lütfen ama lütfen kurtarılmak istemeyen birini kurtarmak için gücünüzü boşuna harcamayın. Sevginiz onu değiştiremiyorsa, çabalarınız boşa gidiyorsa ve o, durumu anlamıyorsa ona yardım etmek için bahaneler üretmeyin çünkü bu iş sizin göreviniz değil. Başkalarını kurtarmaya çalışırken kendinizi kaybedebilirsiniz. Onu sevmelisiniz ve eğer aşk yeterli değilse yapacak bir şey de yok demektir.

Ernest Hemingway "En acı verici şey; başkasını çok sevdiğin için kendini kaybetmek ve özel olduğunu unutmaktır." der. Ne kadar severseniz sevin kimsenin sizi yok etmesine izin vermeyin. İnsanların acılarının sizin ışınınızı gölgelemesine izin vererek kendinizi kaybetmeyin. Onu kurtarmak yerine kendinizi o adamdan kurtarın. Birinin anlamamak için uğraştığı bir şeyi anlamasını sağlayamazsınız, bu ders hayatınızın geri kalanında aklınızda kalsın.

Zaten yoksun, ben bunu her defasında bağrıma inen bir bıçak kesiği gibi yaşamaktan yoruldum.

ERKEKLER SEKSİ KADININ PEŞİNDEN KOŞARLAR

Genel olarak bilinenin aksine seksi olmak sürekli açık elbiseler giymek ve erkeği tahrik etmeye çalışmak değildir. Hatta pantolon üstüne sıradan bir tişört giyerek bile seksi olabilen kadınlar vardır. Bunu başarmalarının sebebi "3D kuralını" biliyor olmalarıdır: Öncelikle "Davranışlar" gelir; erkeğin yanında kendini iyi hissettiğini ona hissettirmesi, ona yakın durması, onun yanındayken dikkatinin başkalarına kaymaması ve tüm dikkatinin o adamda olması erkek açısından ciddi bir arzulama sebebidir. Seneler önce eski bir kız arkadaşım konuyla ilgili şunu söylemişti: "Bana ait olduğunu hissettirdiğin için seni çok sevdim." İkinci "D" ise "Dokunuşlar"dır. Konuşurken omzuna dokunmak, dirseğinden kavrayıp gülümsemek veya elindeki eski bir yarayı fark edip oraya dokunarak "Yara izlerin sana farklı bir hava katıyor." gibi cümleler sarf etmek, erkeği dokunarak etkilemenin yollarıdır. Üçüncü ve son "D" ise "Derin Bakışlar"dır. Bir kafeye birlikte gittiğiniz erkek arkadaşınız başka biri ile konuşurken, onu bakışlarınızla yakalamak ve bu bakışlarda saklı arzuyu ona muzipçe gülümseyerek göstermek, onun üzerinde en dekolte elbiseden daha yoğun etki yaratabilir.

ERKEKLER ŞEFKAT GÖSTEREN KADINA BAĞLANIRLAR

Özellikle ülkemizde erkeklerin annelerine ne kadar bağlı olduklarını ve birçok kadının ilişkisinde ya da evliliğinde "ana kuzusu" diye tabir edilen adamlarla ne kadar uğraştığını gayet iyi biliyoruz. Bu durumda erkeğin küçük yaşlardan itibaren annesinden aldığı şefkati hatta daha fazlasını sevgilisinden beklediği de aşikâr. Kadınlar ilgi isterler ve buna da fazlasıyla hakları vardır ancak aynı derecede ilgi ve şefkati erkeğin de beklediğini hatırlatmak için şunun altını çizelim: Yazının başında belirttiğim üzere erkekleri anlamak için öncelikle onların arasındaki yoğun rekabeti anlamak gerekir. Erkekler birbirlerine asla şefkat göstermezler hatta birisi böyle bir tavırla yaklaşırsa onu zayıf karakterli bir erkek olarak algılarlar. İşte hemcinslerinden almayı asla düşünmedikleri bu şefkat ihtiyacını ya annelerinden ya da hayatlarına aldıkları kadından tamamlamaya çalışırlar. Eğer bir kadın, evliliğinde sürekli şefkat istiyor ancak eşine hiçbir şekilde şefkat göstermiyorsa, adamın annesine gittikçe yakınlaşması ve onu daha sık ziyaret etmeye başlaması ya da üçüncü bir kadının yani bir sinsirellanın bu açığı fark ederek erkeğin hayatına girmesi sadece an meselesidir.

ERKEKLER SINIRLARI VE KURALLARI OLAN KADINA HAYRAN KALIRLAR

Kadının tarzını ve kurallarını ortaya koyması erkek açısından çekici bir durumdur. Hatta sert ve keskin ahlaki çizgileri olması erkekte "Bu dönemde böyle bir kadın buldum, kaçırmamalıyım." duygusunu bile yaratabilir. İşte bu noktada en hassas konuya geliyoruz: "Kuralların oluşturduğu tarzınızı nasıl yansıtmalısınız?" Bu öyle hassas bir konu ki bunu yansıtma şeklinizle erkeği ilişkiden kaçırabilir veya ömür boyu kendinize bağlayabilirsiniz. Size sihirli kelimeyi verelim: Tavır. Erkeğe kurallarınızı ve yapamayacağınız şeyleri ilişkinin başında söyleyin ve bunları gülümseyerek, yumuşak bir tavırla ifade edin. Erkekler karşılarında okul müdiresi gibi kendilerine okul kurallarını hatırlatan birini görmeyi sevmezler. Kuralları zarafetinizle söyleyin ve eğer bunlara uymazsa sizi kaybedeceğini fısıldayın. Sonra da ilişkinizin keyfini çıkartın!

ERKEĞİN AŞKIN BÜYÜSÜ İLE İMTİHANI

Âşık bir adam hemen bağlanmaz derler ancak böyle bir şey olduğunu kabul etmiyorum. Gerçek şu ki âşık olan adam anında bağlanır. Sizi seven adam hiç tereddüt etmez. Gerçekten sizinle olmak isteyen bir adam boş vakitlerini yanınızda geçirmek ister. Sizi gerçekten seven ve sizin için hayırlı olan kişi sizinle oyun oynamaz. Fakat bunu anlamak çok kolay olmayabilir. Çünkü gerçekten sizinle birlikte olmak istemeyen adam bile sizi fethetmeye çalışacak, sonunda sizi aldatacak ve kafanız tamamen karışacaktır. Bu durumda onunla daha uzun süre kalmanız mı yoksa ondan ayrılmanız mı gerektiği hakkında bir şeyler anlamaya çalışırken kendinizle çatışmaya gireceksiniz. Sorun şu ki: Kötü her zaman iyiyle karıştırılır ve her zaman birlikte olmanız gerektiğini gösteren işaretler vardır. Bu kişiyi gördüğünüzde kalbiniz çarpıyor, bağlantınızın çok güçlü olduğunu hissediyor ve bir daha asla böyle bir aşk bulamayacağınızı düşünüyorsunuzdur. Ancak kiminle birlikte olmaları gerektiğini bilen insanların bu gerekçelere ihtiyacı yoktur. Onlar ilişkileri için herhangi bir işaret aramaz, hiçbir sebep belirtmez, neyin gerçek aşk olduğunu bilirler.

Aşk öyle bir duygudur ki...
Kalbinin fethedildiğini anlamadan karşındakine
kalbinin anahtarını teslim etmektir.

EN BÜYÜK ZENGİNLİK SENİ ANLAYANA NASİP OLMAKTIR

Bir seçenek olduğunuzu unutun ve olabilecek kadınlardan da asla değilsiniz. Tam aksine, öncelikli ve önemli birisiniz, bu yüzden asla bir seçim olamazsınız, sadece o kişinin yüreği olabilirsiniz. Karşılık vereceğini umduğunuza sevginizi verin ve bu sevginin karşılığını görmezseniz gidin, terk edin. Çünkü siz böyle birisiniz. "Ya her gün beni sevmelisin ya da gitmeme izin vermelisin." diyebilecek güçte olmalısınız. Aslında, bunun kolay olmayacağını, çok zor olacağını biliyorum.

Birbirinizi istemediğiniz, birbirinizden soğuduğunuz günler olacak. Onu olduğu gibi kabul etmeye ve onu sevmeye çalışırken bir dağa tırmanıyormuş gibi hissettiğiniz, onu sevmek istemediğiniz günler olacak. Ondan o günlerde bile sizi sevmesini bekleyin çünkü sevginizin karşılığı budur. Görmezden de gelmeyin asla. "Ya her gün beni sevmelisin ya da kavgadan korkmayan, kötü günleri beni severek atlatabilecek birini bulmama izin vermelisin." deyin ona. Her gün hayalindeki kız olamazsınız, her gününüz zahmetsiz geçemez. Bazı günler güneş ışığı yerine kasırgalar, gökkuşakları yerine yağmurlar olacak ama o yine de "Seni bırakmam, senden vazgeçemem." demeli.

Aşkın kanıtı, sahip olmaya değer bir aşkın kanıtı, fırtınayı atlatmaya istekli olmaktır. Aşkla ilgili kimsenin itiraf etmeyi sevmediği şey, onun temelde bir seçim olmasıdır. Aşk sadece sözsüz bir şey değildir, verdiğimiz nahif bir karardır ve bu karar iki kişi arasında alınır. Biriyle birlikte olmaya karar vermenin ilk adımı onu sevmeye karar vermektir. Sizi sevdiğini söylediğinde ve birlikte bir yola çıktığınızda her gün sizi seçmelidir. Sorunların olduğu kara günlerde de seni seçmeli ki her şeyin rengârenk olduğu güzel günlerde birlikte mutlu olabilin. Her gün sizi seçmeye hazır değilse onu sevmeye hazır değilsindir, bu kadar basit.

Kocaman enayiliklerle gelmeyecek,
sen görmesen de açmayacak kalbini ben gibi…

TEBESSÜM KANA KARIŞAN EN HIZLI İLAÇTIR

Birine âşık olunca, özellikle onu taparcasına severken, mümkünse başka kimseye âşık olmayın. Bu, en güzel hayatta kalma taktiğidir diyebilirim. Kaybetmekten korkmayın; bırakın gitmek isteyen, koşarak uzaklaşsın yanınızdan çünkü nasibiniz sizi yormak yerine kalmak için bahaneler arar. Sevdiğinizle ilgilenmediğiniz her dakika aslında onu kaybediyorsunuzdur. Bir erkek sizi kalpten seviyorsa sizi arayıp sormayı da sever, sevmiyorsa etrafında dört dönseniz bile size vereceği tek karşılık başının dönmesi olur.

Beklemek insanı çürütür. O an fark ederseniz zarardan bayağı erken dönersiniz. İyi ki fark etmişsiniz de aranız bozulmuş. Ya fark edemeyip zehirli bir ilişkide manipüle edilseydiniz, o zaman ne olurdu? O sizi, sizin onu sevdiğiniz gibi sevmiyor, sadece işine gelince seviyor. İnsanın sevmesi, sevilmeyi istediği biçimdedir. Bir erkek bir kıza "Daha önce kaç sevgilin oldu?" yerine, "En sevdiğin cips hangi marka?" gibi sağlam sorular sormalı bence. Çünkü kadınlara ne verirsek bize onun iki katını verir. Sevgi verirsek ailemiz olur, sperm verirsek çocuk verir fakat onu üzersek daha ağır bedeller ödemek zorunda kalırız.

İnsan küçük şeylerle mutlu olmayı öğrenince, küçük şeylerle de mutsuz olmaya başlıyor. Birini kalbimizden atmak, zihnimizden atmaktan daha kolaydır. Özlemiyoruzdur, istemiyoruzdur ama merak ediyoruzdur. Bu durum insanı hasta ediyor. Her şeyi pişman olacağımız kadar fazla denedik. Birine dünyalar kadar kırgınsınızdır ama onun kılına zarar gelse yine ilk siz koşarsınız. Bu durumda affetmeyin çünkü size yalan söylemesi mecburiyeti değil tercihidir. Size sevmeyi öğreten insan aynı zamanda hiçbir şey hissetmemeyi de öğretmiştir. Bazı şeyleri affederseniz kendinize olan saygınızı yitirirsiniz. Ödeşmeden bitmez ömür, merak etmeyin. Allah gönlünüzü nasibinizden başkasıyla yormasın. Pişman olmak, "keşke" demekten iyidir ve sağlam insan yarı yolda bırakmaz; o yüzden hemen affetmeyin. Hayatınızın geri kalanını sizi güldüren, özel hissettiren ve ne olursa olsun sizi desteklemekten vazgeçmeyen insanlarla geçirmenizi diliyorum.

ÜZÜLME!
Sana bugün
"Ben bunu hak etmedim."
dedirten hayat, yarın ona
"Ben bunu hak ettim."
dedirtmesini de bilir.

SİZİ GERÇEKTEN SEVECEK BİRİNİ BULANA DEK SINGLE KALIN

Siz konuşurken telefonuna bakmak yerine sizi dinleyen, size bakan biri olmalı hayatınızda. Göğüsleriniz değil de gözleriniz dikkatini çekmeli. Sizinle buluştuğunda sadece bedeni yanınızda olup, kafası başka bir yerde olan biri değil de tamamıyla sizinle olan biri hayatınıza girene dek single kalın. Mesaj atmasanız bile mesaj atacak, konuşmalar başlatacak, sizinle konuşmak istediğini açıkça belirtecek, sizden haber almadan bir gün bile geçirmekten asla haz almayacak; sizi sevdiğini, hayatında istediğini rahatça size ifade edebilecek biri olsun hayatınızda. Sizi hayatına entegre etmek için çabalayan, bir arkadaşının partisinde sizsiz eğlenmek istemediği için otomatik olarak sizi davet eden, tatile sizinle gitmek isteyen, sizsiz eğlenemeyeceğini düşünen biri hayatınıza gelmek isteyene kadar single kalın. Hayatınızın yaşayan bir parçası olan birini bulun. Siz ilgi beklemeden ya da bu konuda yalvarmadan önce beklediğiniz ilgiyi zaten gösteren, kanepede size yer açan birini bulun ki başınızı kucağına koyup sevgisini daha güzel hissedebilesiniz. Yan yana yürürken elini belinize koyacak, akşam yemeğinde ellerinize dokunmak için masanın karşısına ellerini uzatacak birini bulana kadar single kalın çünkü bu, o kişi hayatınıza girene kadar yaşadığınız yalnızlığa değecek.

***"Eskisi gibi sevdalar lazım. Mektup yazarak seven,
sevdiğinin fotoğrafını cebinde taşıyan...
O kadar narin, bir o kadar zarif sevdalar."***

NE ZAMAN AYAĞA KALKSAM BİRİ BANA ÇELME TAKIYOR

Neden her zaman hayatımı altüst eden insanlara ilgi duyduğumu bilmiyorum. Onlara rehberlik edersem boş ve gereksiz alışkanlıklarını değiştireceğine inandığım için insanlara benim aracılığımla kendisinin en iyisi olabileceğini düşünerek yaklaştım hep. Sevgimin onları değiştirmesinin şaheserim, kişisel projem olabileceğini düşünmüştüm. Bağlanmaktan korkan, duygusal açıdan müsait olmayan insanların kalbime girmesine izin verdim. Bozulmuş ve kendilerini nasıl düzelteceklerini bilmeyen insanları aradım her zaman, kendimi yıpratacağımı fark etmeden. Nasıl seveceklerini, geçmişlerinden nasıl arınacaklarını, olmaları gereken kişiyi bilmiyorlardı.

Beni incittikleri, bırakıp gittikleri zaman onları hep affettim, hatalarını görmezden geldim çünkü değişeceklerine dair her zaman bir ümidim vardı. Bu ümidimin sebebi ise her birinde farklı parçalar görmemdi. Bu insanları sadece görünüş ve kişiliklerinden daha derin bir şekilde tanıyacağımı düşündüm. Ruhları, korkuları ve hikâyeleriydi beni onlara çeken ancak tüm bunlar üzerinde düşündükçe insanlara gösterebileceğim şaheserler yaratmadığımı fark ettim. Başladığım ama hiç bitiremediğim birçok projem var böyle. Bir bakıma onları hep hayal kırıklığına uğrattığımı hissettim çünkü geriye kalan tek şey başka birinin duygularını düşünmek ve kendi duygularımı arka plana atmaktı. Kafamı karıştırdığım şeyler, yıllarca uykusuz geçen gecelerden başka bir şey bırakmadı bana. Ben koltuk değneğiydim, ağlayacak bir omuzdum ama benim onların desteğine ihtiyacım olduğunda hiçbir yerde bulunmuyorlardı.

Her zaman insanları kurtarmaya çalıştım ve bu süreçte hep kendimi kaybettim. Hâlâ sevginin birini kurtarmak için bu kadar büyük ve karmaşık bir durum olmaması gerektiğini öğrenmeye ve bunu kabul etmeye çalışıyorum. Herkesin kendi sorunları vardır ancak hayatınıza uyum sağlasınlar diye birini kendisinin en iyi versiyonuna dönüştürmek için bu kadar çalışmanıza gerek yok. Ayrıca kurtarılmak istemeyen birini de kurtaramazsınız. Bizim anlamayıp, kaybettiğimiz nokta her insanın kendisi olduğu. Birine olan sevgimizden, onun hayatımıza hiçbir değer katmadığını kabul etmek istemeyiz ama onları kurtarmak fikrine veda etmediğimiz sürece hayatı kaçırdığımızı söylemek zorundayım. Tutulması zor olan veya değişmek istemeyen birini hayatımızda tutamayız. O yüzden benden size ufak bir tavsiye: Böyle biriyle birlikteyseniz onu sevin ama onun bir birey olduğunu, kendi kararlarını kendisinin vermesi gerektiğini, onu ancak kendisi isterse değiştirebileceğinizi fark edin ve gitmek isterse izin verin, zorlamayın. Zorlamayın ki siz yorulmayın.

İstediği her şeye sahip olsun, istediğiniz kadar ona yardım edin fakat yine de o ezik karakteri onunla oldukça, acınacak durumda kalacaktır, inanın bana.

AYRILIK SONRASI KALBİNİZE VE KENDİNİZE KISA BİR MOLA VERİN

Bir ilişkinizin olmasını ne kadar çok isterseniz isteyin âşık olmadan veya yeni bir ilişkiye doğru büyük bir adım atmadan önce göz önünde bulundurmanız gereken birkaç şey var. Yakın zamanda bir ayrılık yaşadıysanız veya uzun süredir bekârsanız kendinizi biraz ihmal ediyor olabilirsiniz. Bu durum ikili ilişkilerinizde de böyledir. Âşık olunca partnerinizin sağlığı ve mutluluğu sizin için kendinizden daha kıymetli hâle gelir. Kendinizle ilgili gerçekten görmeniz gereken şeyleri bile ihmal edebilirsiniz. Bir ilişkiden, özellikle kötü bir ayrılıktan çıktığınızda bunlar daha fazla ihmal edilebilir. Bu yüzden devam etmek, bir sonraki ilişkiye başlamadan önce doğru zihin, kalp ve ruh hâlinde olduğunuzdan emin olmak için size bu adımların çok önemli olduğunu söylüyorum.

1. Kendinize öncelik verin: Sadece kısa bir süre depresif olmalısınız. Eğer birkaç gün odanızda saklanıp ağlamak istiyorsanız bunu yapın. Eğer bir kâse dondurma yerken film seyretmek istiyorsanız bunu da yapın. Yapmaktan zevk aldığınız, kimseye özellikle de kendinize zarar vermediğiniz şeyleri yapmak ve rahatlamak için verilen kısa ve öz bir mola iyi bir çözümdür. Herkesin ara sıra böyle molalara ihtiyacı olur. Tekrar âşık olmadan önce kendinize öncelik vermek önemlidir.

2. Yeni süreçler oluşturun: Biraz dinlenmenin ve rahatlamanın beden, zihin ve ruh için iyi olduğunu hepimiz doğrulayabiliriz ancak aynı zamanda fazlası bizi tembelleştirebilir. Her şey ölçülü olmalı. Sakinleşmek için kendinize yeni rutinler bulun. Spor olabilir, yirmi sayfa kitap okumak olabilir. Müzik dinlemek veya şarkı söylemek de sizi çok rahatlatır. Sadece düşünün ve size en uygun olanı seçin.

3. Aileniz ve arkadaşlarınızla zaman geçirin: Aile ve arkadaşlar ilişki başlangıcı veya bitişinde çoğunlukla ihmal edilir. Onlarla zaman geçirmek, tekrar âşık olmadan önce hayatınızı düzene sokabilmeniz için iyidir.

4. Odanızı tekrar dekore edin: İlla büyük, pahalı eşyalarla donatılmış, büyük bir odaya gerek yok. İster evinizdeki odanızı, isterseniz de ofisinizdeki size ait küçük alanı hatta arabanızı bile her zaman kişiselleştirebilirsiniz. Sadece kendinizi rahat hissedebileceğiniz ve çok zaman geçireceğiniz bir yer bulun. Sonra temiz ve rahat bir hâle getirin. Neyi sevdiğinizi, kim olduğunuzu veya bir insan olarak nasıl hissettiğinizi o odada ifade etmeye çalışın. Herkesin mutluluğunu ve mutsuzluğunu en yoğun şekilde yaşayacağı bir yere ihtiyacı vardır.

5. İhmal ettiğiniz bir şeyi yapın: Ne olduğu önemli değil, bir şeyi başarmak iyi hissettirir, özellikle de bir süredir erteliyorsanız. Arabanızı yıkamak gibi küçük bir şey ya da okula dönmek, yeni bir iş aramak gibi büyük bir şey olabilir. Neyi ertelediğinizi söylemesi için iç sesinize izin verin yeter.

6. Yeni bir şeyler deneyin: Hiç denemediğiniz bir yemek yapmayı, ata binmeyi ya da dağlarda yürüyüş yapmayı deneyebilirsiniz. Şimdi ufkunuzu genişletmenin tam zamanı. Farklı aktivitelere kendinizi bıraktığınız için yeni arkadaşlar da bulabilirsiniz.

7. Ruh yolculuğu yapın: Bazen hayat bunaltıcı olabilir. Kendimiz için yapabileceğimiz en iyi şeylerden biri, tek başımıza veya yakın bir arkadaşımızla her şeyden uzak bir yere gitmektir. Uzaklaşmak bize derin bir nefes alma, düşüncelerimizi düzenleme ve telaşlı hayatlarımızda yeni öncelikler belirleme fırsatı verir. Günübirlik bir gezi bile olsa farklı, dinlendirici bir yere gitmek bedenimiz, zihnimiz ve ruhumuz için bir ziyafet olabilir.

8. Yeni bir hobi edinin: Her zaman daha yoğun bir şekilde uğraşmak istediğiniz bir şey olmalı. Keyif aldığınız ve olumlu sonuç alabileceğiniz aktiviteler yapın.

9. Kendinize uzun vadeli hedefler belirleyin ve onlar için çabalayın: Hepimizin olmasını dört gözle beklediği bir hedefe ihtiyacı vardır. Uzun bir süre üzerinde çalışabileceğimiz bir hedefe ihtiyacımız var, aksi takdirde hayatlarımız durgun ve yönsüz olacak. Amacınız sadece yeni bir aşk bulmak olmasın. Doğru kişiyi bulmanın genellikle plansız geliştiğini unutmayın ve hem meşgul olmak hem de kendinizi mutlu etmek için sağlam denge kurabilecek bir hedef bulun. Hayat arkadaşınız olması gereken kişi zaten zamanı geldiğinde sizi bulacaktır.

İnsan kendini az biraz geri çekince "Aslında ben iyi olduğum için aramız iyiymiş." farkındalığı ile yüzleşiyor. "Ben de önemliyim!" demeye başladığından itibaren aranız bozulacak kesinlikle. Sorunlar ancak ilgi odağına kendinizi koyduğunuzda baş gösterir. Böyle insanları da hayatınızdan uzaklaştırınca hayatınızın Rönesans tablosu gibi olduğunu fark edeceksiniz.

TOKSİK İNSANLARI HAYATINIZDAN DEFEDİN

Başkalarına kötü davranan ve başkalarına karşı duygudaşlık ya da şefkat duymayan insanların, iyi görünümleri gittiğinde ve geriye kalan tek şey boş bir kabuk olduğunda, sonraki yaşamlarında şefkatli olmayacaklarına inanıyorum. Bize her zaman içeri bakmamız, birinin başkalarına nasıl davrandığını izlememiz, kalplerine ve ruhuna bakmamız söylenir. Dışarıda ne olduğu gerçekten önemli değil. Önemli olan içeridedir. "Sevdim" dediğinizin içinde ne var? Hiçbir şey, bomboş bir kalp... Bu insan tüm hayatını başkalarını üzerek, tutarsız davranarak; neden oldukları acıyı, yaptıklarının sonuçlarını düşünmeden ve sorumluluklarını almadan geçirdiler. Toksik insanlar bunlar.

Bu toksikler; olgunlaşmamış, öfkeli, değişken duygulara sahip ve kontrol bağımlısı bireylerdir. Ne yazık kiaradıkları asla bir ilişki değil, tüm güce ve kontrole sahip oldukları bir diktatörlüktür. Sonuçta insanlar davranışlarından bıkıp onları terk ederler. Başarısız ilişki zincirleri zaten kırılgan olan egolarına zarar verir. Küfürlü ve alçakça davranışlarının sonucu olarak, terk edilmeye sebep olan derin yaraları hem partnerlerinin ruhunda hem de kendi ruhlarında açarlar. Kendi hatalarının suçunu başkalarına atmak en önemli özelliklerinden biridir. Nasıl ki uyuşturucu bağımlısı insanlar madde bulamadıklarında kıtlaşıp tükeniyorsa, toksikler de bu durumla başa çıkamazlar.

Kronik bir şekilde depresyona girer, sinirlenir ve hiçbir yerde neşe bulamaz, eskiden yapmayı sevdikleri şeylerden zevk alamaz hâle gelirler. Genellikle bir keşiş olurlar, dış dünyadan koparlar ve kendilerinin bulundukları durum için diğer herkesi suçlarlar. Asla tanışmayacağı, tanımadığı veya konuşmayacağı insanları takip etmek için sosyal medyada sahte profiller oluşturabilirler. Sosyal medya onlara biraz ilgi çekme fırsatı verebilir. Birilerini sevmezler ve bu nedenle kimse de onları sevmez. İyi olmanın anlamının ne olduğunu kendilerine sürekli sorarlar fakat cevap bulamazlar. Bir zamanlar onlar için bir şeyler veren insanlar artık yoktur ve hayat onlara hak ettiklerini, yalnızlığı verir.

Sırf tatsızlık çıkmasın diye büyütmediğiniz şeyler, tekrar karşınıza gelecek. BÜYÜTÜN...

TOKSİK İNSANLARI DEĞİŞTİREMEZSİNİZ

Toksik insanları değiştiremezsiniz bunu kafanıza vura vura bile olsa kendinize öğretin. Toksik insanlar kontrol manyaklarıdır, onlar için sadece kontrolü ele geçirebilmek ve elde tutmak önemlidir. Sadece bu şekilde kendilerini onaylanmış hissederler. Partnerlerini kukla gibi kullanmak onlara huzur veren tek şeydir. Peki, partnerinizin toksik birisi olduğunu nasıl anlayabilirsiniz?

1. Onu mutlu edebilmek için elinizden gelen her şeyi yapmanıza rağmen hiçbir şeyden memnun olmuyorsa,

2. Özür dilemesinin gerekli olduğu konularda kendini haklı çıkarmaya çalışıyorsa, sizi kaybetmekten ve ilişkinizi zedelemekten korkmuyorsa,

3. Sizi, olduğunuz gibi kabul etmiyorsa, sürekli kendi istediği şekle sokmaya çalışıyorsa ve bu yüzden siz kendinizi stres altına sokuyorsanız,

4. Güzelliğinizi kaybettiğinizi, yıprandığınızı, yorgun olduğunuzu sıklıkla hissediyorsanız,

5. Size olan güvenini kaybetmemesi için sürekli hesap veriyor, her şeyi anlatma gereği duyuyorsanız, "Ay aman aman, en ufak bir yalanımı bile yakalarsa çok kötü olur."diye pembe yalan söylemeye bile korkuyorsanız, kendinizi sürekli ona rapor vermek zorunda hissediyorsanız,

6. Sırf konu uzamasın, size daha çok işkence yapmasın diye onu haklı buluyor gibi görünüyorsanız,

7. Kendisinin yapmaya meyilli olduğu şeylerle bile sizi suçluyorsa,

8. Doğruluğunu bal gibi bildiğiniz şeyin, sırf o, farklı şekilde anlattı diye, doğruluğundan şüphe duyuyorsanız, geçmiş olsun zehirli bir partnerle birliktesiniz.

Toksik ilişkinin kimseye
bir iğne ucu kadar faydası yoktur.
Hem kalbini hem aklını zehirliyor,
bu yüzden acilen kendine detoks yapmalısın.

TOKSİK İLİŞKİMİ NASIL BİTİRMELİYİM?

İlişkinizi onu çok sevdiğiniz için değil, harcadığınız emeklere kıyamadığınız için bitirmek istemiyorsunuz biliyorum, haddinden fazla yatırım yaptığınız, sürekli kendinizden harcadığınız için ne ileriye gidebiliyorsunuz ne de geriye. İnternette rastladığınız slogan şeklindeki cümleler bu konuda pek fazla işinize yaramayabilir, kendinizi suçlu hissetmenizi sağlayabilir o yüzden kendinizle baş başa kalmanızı, kendinizi geliştirebileceğiniz kitaplar okumanızı öneririm. Bu konulara *İyi ki Yoksun* ve *Beni Unutma Ben Sana Sevmeyi Öğrettim* adlı kitaplarımda değindim. Kendinizi ilişkiler konusunda geliştirmek isterseniz kitaplarıma göz atabilirsiniz.

Leş kalbini vicdanına sor, sana seni anlatsın. Bunu hiç unutma, hiç. Ben senin sürekli itip kakıp, sonra senin kollarına atlayacak ezik bir kadın değilim. Ne biçim ilişkimiz var? Bir gün sev, bir gün söv; hemen geri sev, sonra geri söv. İlişki durumumuz sev-söv. Kusura bakma beyefendi, ben senin bu isteklerini karşılayacak onursuz bir kadın değilim. Hiçbir kadın da sana bu şeyleri asla vermez, haberin olsun. Sana ayrılan sürenin sonuna geldik. Hoşça kal...

O KADAR EMEĞE RAĞMEN GİDEN İNSAN YÜKTÜR, KAYIP DEĞİLDİR!

O da diğerleri gibi bir kadındı. Her zaman mutlu olmak ve sevilmek isterdi. Evet, aşka inanıyordu. Aşkının sonsuza dek süreceğine inanıyordu. "Ruh eşinin" umutlarını yok edeceğini ve kalbini sayısız küçük parçaya böleceğini asla düşünmedi. Sonra âşık olduğu adamın, hayallerindeki adam olmadığı ortaya çıktı ve tüm hayalleri parçalandı. Zihni buğulandı, gülümsemesi gitti, ruhu karardı. Dünyası büyük bir boşluktan, karanlıktan başka bir şey değildi artık. Sadece bir psikopat tarafından duyguları tamamen parçalanmış bir kadındı. Onun hatası mıydı? Hayır. Yanlış bir şey yapmadı. Sadece sevilmek ve saygı görmek istiyordu, herkes gibi. Tüm erdemleri, korkuları, güvensizlikleri ve hatalarıyla olduğu gibi kabul edilmek ve değer görmek istiyordu. "Beyaz Atlı Prens"ine davrandığı gibi karşılık görmek istedi ama bu asla olmadı. Ona her şeyi verdi: kalp, beden, zihin ve ruh. Her zaman ihtiyaçlarını ve isteklerini ilk sıraya koydu. Adam kadının en büyük önceliğiydi.

Kadın, adamı mutlu etmeye ve duygusal olarak tamamlamaya çalışırken öz saygısını kaybetti. Kim olduğunu, gerçekten neye ihtiyacı olduğunu ve ne istediğini unuttu. Bu duygusal psikopatla tanışmadan önce kim olduğunu biliyordu. İşin tuhaf yanı da ne biliyor musunuz? Bu kadın, onu duygusal anlamda mahveden psikopatıyla, bu sinsi bukalemunla tanışmadan önce dünyanın en mutlu insanıydı. Kaygısız, kendinden emin ve kendine değer veren biriydi. İnsanların iyiliğine inanıyordu.

Geleceği için umut doluydu. Birçok arkadaşı vardı ve onlarla takılmaktan zevk alıyordu. Bütün dünyası parlaktı ama bukalemunun tuzağına düştükten sonra hepsi ortadan kayboldu ve tuzaktaki zehir tüm etrafını sardı. Onun; ilk gördüğü anda âşık olduğu, sevgi dolu, nazik, cömert kişi olmadığını nereden bilebilirdi? Onu aldatacağını ve hayatını mahvedeceğini nasıl bilebilirdi? Onunla sinsi akıl oyunları oynayacağını ve sırf kalbini parçalamak için derisinin altına gireceğini hiç düşünmemişti. Kafasındaki küçük ses ona bir şeylerin ters gittiğini, işlerin sandığı kadar pürüzsüz olmadığını söylemesine rağmen, ona sırılsıklam âşık oldu. Bu sesi dinlememeyi seçti çünkü kabul ederse tüm hayatının çökeceğini biliyordu. Onun kafasındaki insan olduğuna inandı. Eksik yarısını içinde bulduğunu düşündü. Onunla hayatını hayal etti ama çok yanılmıştı. Yavaş yavaş tatlı rüyasından uyanarak, gözlerini açmaya başladı. Gördüğü hiç de hoş değildi. Yakışıklı prens artık olmadığı biri gibi davranamazdı. Maskesi düştü ya da daha doğrusu, kaybedecek hiçbir şeyi olmadığını bilerek gerçek, zalim yüzünü kasten gösterdi. Daha da önemlisi, ona çok âşık olduğu için onu kaybedemezdi. Kalbi onun elindeydi ve onunla ne isterse yapabilirdi. Onun duygularını hiç umursamıyordu. O da onu hiç rahatsız etmedi. Psikopatı bırakması kadın için zordu ve ona çok fazla sevgi ve ilgi gösterirse değişeceğini ve yanında ne kadar harika bir insan olduğunu göreceğini düşündü. Ancak tüm çabaları boşunaydı. Adam asla değişmedi.

Yüreği zeval bulmuş erkekler, başka bir kadının ahını almış erkekler, mıknatıs gibi kendine çekebilen sünepeler her daim vardır maalesef sevgili okurum.

ONU, SEVGİNİ SORGULAYACAĞI RADDEYE GETİRMELİSİN

Şeref yoksunu sizin ona deli gibi âşık olduğunuzu bildikçe işler daha da kötüye gidecektir. Eminim siz de "Beni sevmesi için daha ne yapabilirim?" diye soruyorsunuzdur. Biliyorum ki elinizden gelen tüm yöntemleri denediniz ve size yakınlaşması yerine onu daha da uzaklaştırdınız değil mi? Size tuhaf gelebilir ama böylelerine biraz da insanlık dışı şeyler yapmalısınız. Ben size kalitenizden ödün verin demiyorum ama dozunda kıskandırmak mucizeler yaratabilir. Yeter ki kıskandırmak ile tiksindirmek arasındaki dozu iyi ayarlayın. Birini karşılıksız sevmişliği olanlar iyi bilirler, bazen varını yoğunu ortaya koyduğunda aldığın tek cevap "Yapmasaydın, ben mi yap dedim!" olur. Birincisi, ilk önce sevdiğin kişiyi çözebilmiş olmalısın. Yapısı nasıl bilmelisin ve şu ön yargıdan vazgeçmelisin: Ben onu kıskandırırsam beni tamamen siler, benim hakkımda kötü düşünür. Tekrarlıyorum, dozunu iyi ayarladığında iddia ediyorum çoğu kez ilişki kurtarabilecek güce sahip bir yöntemdir. Asla şaşmaz.

Düşünsene paşası gayet iyi biliyor. Ne yaparsam yapayım beni devamlı sevecek. Başkasına gitsem dahi beni bekleyecek. Seni kaybetme korkusu yok. Eh maşallah seni özleme durumunu da sürekli ona yazarak, düşündüğünü hissettirerek bertaraf ediyorsun, nasıl olacak bu iş söyler misin? Bir erkeğin seni özlemesi ve senin için uğraşması için mutlaka üç şeyin gerçekleşmesi lazım: Birincisi seni özlemesi lazım, sen sürekli yazarsan seni nasıl özlesin? İnsan sevilmediğini hissettiği gibi sevildiğini de hisseder; sen sürekli onu düşünürsen, onu stalklarsan o da bunu hisseder. Seni kaybetmekten korkmalı. Sen sürekli "Ben seni bekleyeceğim" hissi verirsen, "Seni hep seveceğim." mesajları yazarsan seni kaybetmekten nasıl korksun? Senden ayrıldığına pişman olmalı. Bazen böylelerini bırakacaksın düşecek. Dibi görmeliler. Başkasına mı gitti, bırak gitsin. Bakalım gittiği kişi senin katlandığın şeylere katlanabilecek mi, onu senin gibi nahif ve büyük sevebilecek mi? Üzerine titreyecek mi? Muhtemelen ona da gözünü boyayıcı yalanlar söyledi. Bilmelisin ki yalanla başlayan her aşk ilk gerçekte ölmeye mahkûmdur. Biliyorum onla güzel hayallerin vardı ama kabullenmelisin ki o hedeflerden şu an için çok uzaktasın ve böyle devam edersen daha da uzaklaşacaksın. Böylelerinin kalbi en büyük sevginin dahi iyileştiremeyeceği kadar zeval bulmuştur. İnan bana böylelerini sevgisizlikle anca düzeltebilirsin. Tüm bunlar zaten başına taktiksiz yaşadığından, ilişkinde yeterince dürüst olduğundan gelmedi mi? Sadece bir örnek: Sen ona sevdiğin için yazıyorsun, o da arada bir gizli gizli sana yazdığından; o, yenisine kendini bazen bilerek yakalattırıp "Bu beni rahat bırakmıyor, hâlâ beni sevdiğini söylüyor." deyip nahif duyguların üzerinden bile prim yapmaya çalışacak kadar acizleşmiş. Ben sana onunla aynı seviyeye in demiyorum ama intikam almak âdettendir. Anlatabiliyor muyum?

Senin burada yapacağın "Ya herro ya merro", "Ya hep ya hiç" son radde. Cesaretli ve her şeye hazır olmalısın. Ya sana köpekler gibi âşık olmasını sağlarsın, onu senin için uğraşmaya tetiklersin ya da *boom game over*, ihtimali öldürürsün. Ama söyler misin, bilmiyorum ne kadar süredir didindin, neyi değiştirdin? Bazen küçücük bir umut mu var; insan kendi elleri ile yok etmeli, tüm köprüleri yakabilecek kadar gözü kara olmalı. Bunu kafana vura vura kendine öğret. Vazgeçilmez olan o değildi, vazgeçmesini bilmeyen sendin. Yoksa gerçekçi olmak gerekirse sen de gayet iyi biliyorsun ki standart biriydi. Yeri dolmayacak hangi özelliği vardı söyler misin? Bunun kendisini bulunmayan Hint kumaşı sanmasını sen sağladın. Seni bir ihtimal sever diye böyle davrana davrana bir yerlerinin kalkmasını elde ettin sadece. Öncelikle şunu iyi bilmelisin: Narsist kişilik bozukluğuna sahip birine senin ihtiyacın yok ama onun sana ihtiyacı var. Neden mi? Çünkü onun egosunu anca sen tatmin edebiliyorsun. Tüm olumsuzluklara rağmen yaptığı yanlışlara rağmen onun egosunu sevginle besliyorsun. Ona kendisini vazgeçilmez hissettiriyorsun. Dünyanın en muhteşem erkeğiymiş hissi veriyorsun.

Senin değerini fark etmeyen, seninle olmayı hak etmiyordur. O değer vermeyi öğrenmiyorsa sen gitmeyi bileceksin.

SENİ NEDEN ARAMIYOR?

Mutlu musun? Günün, işin, bu dünyadaki yerin için heyecanlı mısın?

Aramayı bıraktığında yanıt vermenin en iyi yolu budur. Kendi mutluluk seviyenize ve yaşam doyumunuza bakmaya başlayın. Bir erkeğe güvenmeyin ve sevginizin depresyon veya kaygının üstesinden gelmesine yardımcı olacağı konusunda kendinizi kandırmayın.

Bir erkeğin ilgisini çekmenin, sizi tekrar aramasını ve size mesaj göndermesini sağlamanın en iyi yolu, hayatınızı gerçekten sevmektir. Hayatınızdan sıkıldıysanız, hayal kırıklığına uğradıysanız veya depresyondaysanız, o zaman değişim zamanıdır. Sizi neyin mutlu ettiğini bulmalı ve bunu yapmaya acilen başlamalısınız.

Bir erkek, ne kadar harika olursa olsun, tek mutluluk kaynağınız olmamalı. Birden fazla meşgul olacak, mutlu olacak hobiler yaratmalısınız. Bir erkek size geri dönmediğinde yapılacak en iyi şey, sevdiğiniz bir hayat yaratmaktır.

Uzunca mesaj atarken içine gelen
"Ben kime neyi anlatıyorum ya?" hissi...

SENİ ÖZLEMESİNİ SAĞLA

Bunu nasıl yapıyoruz peki en ideal şekilde? 7/24 yanında olmayarak! Sürekli ona yazmayarak. O yazdığında, anlık cevap vermeyerek, "Kusura bakma uyuyakalmışım, elim bulaşıktaydı yeni gördüm." diyerek. Taktiksel yalana sakin sakin başvurabilirsiniz, ucunda ebediyen sevdiğiniz kişi ile mutlu olmak var sonuçta. Buluşmak istediğinde ise "Haftaya erteleyelim mi, bu hafta için programım var, ben de senle buluşmak istiyorum ama arkadaşa söz verdim." denilebilir. Hiç tereddüt etmeden girilir bu topa. Ona sizi özleme şansı tanıyın, hayatınızda sürekli var olursa sizi özlemesini sağlayamazsınız.

Sen kimseyi kendine mahrum bırakmadıktan sonra kendi hayatını zindan edip ölümünü bekleyen bir mahkûm gibi ilişkide sürünmek zorunda kalırsın.

Sevginin göstergesi ilgidir, değer vermektir. Umurumda olduğun süreci kaçırmasaydın keşke. Ben senden çok şey istemedim; sadece arada bir beni önemli hissettir, sev, bana ilgi göster. Bu dediklerimi elbette yapma zorunluluğun yok çünkü bunlar zorunluluk değil, seven insanın içinden gelerek yaptığı şeylerdir. Benle birlikte olduğun süreçte başka şeyler benim öncelikli olmamı engelledi. Ve artık geri plana atılıp bir hiçmiş gibi davranmana izin vermeyeceğim. Kapıyı göstereceğimiz yerde anlayış gösterdik diye bunlar hep.

BİR SICAK BİR SOĞUK DAVRANARAK ONUN AKLINI ALMA STRATEJİSİ

Bu strateji sadece gerçekten de üstün zekâya sahip, strateji kurabilen ve bunu uygulayabilen kişiler için geçerlidir. O kişinin siz olup olmadığınıza kendiniz karar vermelisiniz. Yeterince görüşmeye ara verdikten sonra onun hayatına kısacık bir uğrayıp kendinizi belli etmeniz onun aklını almanıza yetecektir.

Bahane üretmekte hayal gücünüzü kullanın. Bu stratejide esas olan şey, gerçekten de şu bahanelere sığınarak sadece kendini belli edip ortalıktan tekrar yok olmaktır. Bu tür görüşmeleri sadece mesajlaşma yolu ile kısıtlayın; o da sizi merak eder, yemi yerse size yazacaktır. Burada esas olan şey şu: Ona karşı hislerinizin olduğunu sakın belli etmeyin. "Aklıma geldin de sadece bir nasılsın diye sorayım dedim." denebilir mesela kısa ve öz. O size yazmazsa siz de yazmayın beş-altı gün. Size yazarsa da ilgisiz davranın, geç cevap verin, her zaman müsait olmayın: "Yeğenimle oynuyordum, misafir geldi yazamadım, duşa girmiştim." gibi şeyler söyleyin. En önemlisi hiçbir zaman ona, onu hâlâ sevdiğinizi ve hisler beslediğinizi belli etmeyin.

Onunla tekrar buluşursanız ilk buluşmalarda ilk adımı atan kesinlikle siz olmayın, onun vereceği sinyallere davranışlara göre davranın. Vücut yakınlığı adımını siz atmayın, o atarsada geri çekilin çünkü hiçbir şey kaldığı yerden devam etmiyor ve her şeye sıfırdan başlıyorsunuz. Hemen yakınlaşmayın birbirinize, bu kaderinizin kırılma anı olabilir; sizi öpmeye, elinizi tutmaya kalkışırsada utangaç veya mesafeli davranmalısınız.

Tekrardan ilk buluşmaya son derece güzel hazırlanmış gitmelisiniz, koku, kıyafet, bakım... Emin olun ki avcı bir süre sonra av olacaktır size. Asıl istediği sizi bir an önce ağına düşürmektir. Ama siz kararlı ve sabırlı olursanız bu oyunun kazananı olabilirsiniz. Unutmayın sizin ona ihtiyacınız yok, onun size ihtiyacı var. Bırakın çabalasın, sizin peşinizde koşsun. Bakın sevgisi bunca çabayı kaldıracak mı? Eğer pes ederse kazanan siz olursunuz. Unutmayın her zaman bir sıcak bir soğuk duygular aradaki iletişime şok etkisi yapar ve daha sağlam olur. Eğer beyefendinin daha az hatalı ve size daha sevgi dolu davranmasını istiyorsanız bence bu stratejiyi uygulamaktan sakın çekinmeyin. Şimdiden başarılar...

Çok uğraştım, bir ihtimal uğruna gençliğimi harcadım ama anladım ki olmuyorsa bu saatten sonra zorlamam, sen unutulmayı sevilmekten daha fazla hak ediyorsun.

SİZİ KAYBETMEKTEN KORKMASI İÇİN ETKİLİ YOLLAR

İlişkiler bazen zor olabilir, özellikle de sizin için fikrini değiştirmeye istekli olmayan biriyle birlikteyseniz. Pek çok kadın, uzun vadeli sevgilileri tarafından sırf kendilerine iyi geldikleri için kabul görüyor. Yani ilk başta flört aşamasında çok fazla duygu ve his yoktur. Ardından zaman geçtikçe yapılan şeylerden, konuşulan konulardan, gülünen şeylerden mutlu olur, huzurlu olur. Ve o kadının doğru kişi olduğuna inanır. Aslında ilk başta doğru gibi gelsede değildir. Sonra bazı şeyler rutine binince erkeğin kaybetme korkusu olmaz. Neden mi? Çünkü hiçbir şey hissiyat ile olmadı. Elbette mutlu ve güzel bir ilişki olur ancak erkekte kaybetme korkusu yoktur. Ama ondan önce, uzun zamandır hafife aldıkları o korkunç erkeklere bunu da sonradan eklemek lazım. Seni kaybetme konusunda onu nasıl endişelendireceğini bilmek istiyorsan, takip edebileceğin birkaç yol var. Bu yollar monotonlaşan, her seferinde aynı şeylerin dönüp durduğu ilişkilere de uygulanabilir.

1. **Müsait olmadığınızda sizi kaybedeceğinden korkmasını sağlayın.** Eğer erkek kötü davranmaya devam ederse sizi kaybedeceğini dolaylı olarak göstermek istiyorsanız, ona görünmüyormuşsunuz gibi davranabilirsiniz. Size ihtiyacı olduğunda orada olmayın ve hayatınızı her zaman hayal ettiğiniz gibi yaşayın. Ona hayatınız ve arkadaşlarınız hakkında çok fazla şey anlatmayın ve boş zamanlarınızda neler yaptığınızı düşünmesine izin vermeyin. Bunu uzun bir süre yaparsanız, bir şeylerin yanlış olduğunu anlayacak ve sizi mutlu etmeye çalışacaktır.

2. Onu içermeyen gelecek planları hakkında konuşun. Eğer kocanıza veya sevgilinize hafta sonu arkadaşlarınızla ilginç bir yere gideceğinizi söylerseniz, onlarla ne yapacağınızı merak edecektir. Ona hem erkeklerin hem de kızların olduğu bir kafede oturup sohbet ortamına katılacağınızı veya akşam dışarı çıkmayı planladığınızı söyleyerek tüm hikâyeye biraz da baharat ekleyin. Neden davet edilmediğini merak edecek ve bu adamlardan herhangi birinin sizinle bir şeyler deneyip denemeyeceğini düşünmeye devam edecek. Bu onun uyanma çağrısı olacak ve ona, hayatınıza ve arkadaşlara sahip olduğunuzu ve mutluluğunuzun ona bağlı olmadığını gösterecek.

3. Mesajlarına hemen cevap vermeyin. Erkekler, yapışkan ve muhtaç kız arkadaşlarından çok çabuk yorulur. Bu yüzden, onu sizi kaybetmekten korkutmak istiyorsanız, aramalarına veya mesajlarına hemen cevap vermeyin. Onu biraz bekletin. Çünkü bunu yaptıktan sonra size daha çok saygı duyacak. Sizi her düşündüğünde müsait olmadığınızı ve sizi hayatında tutmak istiyorsa çaba göstermesi gerektiğini görecek. Eğer buna sadık kalırsanız, ilişkinizin geliştiğini göreceksiniz. Ve zihniyetinizi değiştirdiğinizde, hayatınızda her şeyin daha iyi hâle geleceğini unutmayın. Sizi hafife aldığı için kendini kötü hissedecek ve sizin için daha iyi bir adam olmaya çalışacaktır. Ona değişmesi gerektiğini ve bunu yapmazsa sizi kaybedeceğini göstermek için çok uzun süre beklerseniz, çok geç olabilir.

4. Daha fazla mesafe yaratmaya çalışın. Şimdi diyelim ki sevgiliniz ile sürekli bir şeyler yapıyorsunuz veya yan yanasınız. Ya da evlilik dolayısıyla sürekli aynı çatı altındasınız. İlişkide veya evlilikte ilk başta hep yan yana olmak istersiniz. O kadar yapışkan olmayı bırakın. Ona, onsuz eğlenebileceğinizi ve tamamlanmak için ona ihtiyacınızın olmadığını gösterin.

Bunu yaparsanız, o bir zamanlar olduğunuz kişi olmadığınızı ve size doğru davranmazsa, onu terk etme şansınızın olduğunu görecektir. Ama unutmayın ki herkesin bir hayatı var. İşi, eğitimi veya günlük yapılması gereken rutin işleri var. Eğer yüzde yüz onun yanında olma isteğiniz varsa bunu bir an önce törpüleyin. Aşırı yakınlık monotonlaşmayı da beraberinde getirir. Bu da kaybetme korkusunun yitirilmesine sebebiyet verir. Aman dikkat hanımlar... Bunu yaparak istediğinizi elde edeceksiniz ve erkeğiniz sandığından daha güçlü olduğunuzu görecek.

5. **Her zaman onu memnun etmeyin.** Eğer erkeğiniz etrafta olduğu sürece sizin için her şeyin iyi olacağı gerçeğine alışırsanız, sonunda sizi hafife alacaktır. Bu yüzden ne yaparsanız yapın, lütfen ona istediği her şeyi vererek işini kolaylaştırmayın. Sizce böyle devam ederse ne olur? Hem ona bağımlı hâle gelirsiniz hem de ilişkide yıpranma ve yorulma başlar. Her iki tarafın da birbirine emek ve çaba vereceği durumların oluşmasına izin verin. Ayrıca hayatınızdan zevk alma ve sizi mutlu edecek şeyler yapma hakkına da sahipsiniz. Onu ilk sıraya koymayın çünkü buna değmez.

6. **Onunla her şeyi paylaşmak zorunda değilsiniz** çünkü zaten çok şey paylaşıyorsun. Eğer evde kalırken arkadaşlarınızla dışarıdaysanız, onlarla harika vakit geçirip geçirmediğinizi düşünmeye başlayacak, bu da sizi kaybedebileceği konusunda endişelenmesine neden olacak, aynı zamanda fikrini alacak ve davranışını da değiştirecektir. Buradaki en önemli şey nedir? Sevdiğini incitmek için değil, onsuz yaşayabileceğini ona göstermek için böyle hareketler yapmalısın. İlişkiniz için iyi olacak ve iyi şeylerin gerçekleşmesi için çok fazla fedakârlık yapması gerektiğini öğrenmesini sağlayacaktır.

7. **Kendiniz olun!** Size hak etmediğiniz gibi davranmasına izin vermeyin ve ne olursa olsun kendiniz olun. İstediğinizi yapın ve pişmanlık duymayın. Size değiştiğinizi söylerse de "Ben buyum. İster kal devam et, istersende kapı orada." diyebilecek öz güveniniz olsun. Kimse hayal ettiği kadın figürünü sizin üzerinizde oynamasına izin vermeyin. Hayatınızın üzerinde hiçbir kontrolü olmadığını ve isterseniz sizin kurallarınıza göre gideceğini anlaması gerekiyor.

8. **Onun ikinci seçeneği olmayın.** Eğer arkadaşlarıyla planlar yapmışsa ve son dakikada iptal ederlerse, onun yanında olmayın. Onun planı iptal olmuş olabilir ama sizin de bir planınız var. Herkesin kendine özel vakitleri var. Eğer onun planları suya düştüyse kendi başına bir şeyler yapabilmeli. Ona, kendinize saygı duyduğunuzu ve onun ikinci seçeneği olmayacağınızı gösterin. Emin olun ki böyle bir şeyden sonra onun gözünde inanılmaz değer kazanırsınız. Sizin onun dışında başkaları ile mutlu şeyler yapmanız onda soru işaretleri oluşturur. Ve onun gerçekten kaybetmekten korkmasını istiyorsanız, bu oyunu zekice ve hileli bir şekilde oynamalısınız.

9. **Sosyal medyadan arkadaşlarınızla eğlenceli fotoğraflar ve vakit geçirdiğiniz anlara dair hikâyeler yayımlayın**. Bu, paşasına etrafta o yokken de harika vakit geçirdiğinizi göstermenin etkili bir yoludur. Başka erkeklerle de fazla samimi olmayın. Onun yanlış anlayacağı şeylere de sebebiyet vermemeye dikkat ederseniz her şey çok etkili olabilir.

SİZDEN UZAKLAŞIYORSA YAKLAŞTIĞI BİRİ VARDIR MUTLAKA

Biri sizden uzaklaşıyorsa, yakınlaştığı başka biri vardır. Eski sevgiliyle küsüp aylar sonra hatta seneler sonra barışılır ama araya başkası girmediği sürece. Sizin durumunuzda araya siz girmişsiniz. Ona gitse dahi, hiçbir şey eskisi gibi olmayacak, yer yarılsa yerin dibine girseniz dahi, aralarında hep siz olacaksınız. O eski sevgilisini yeterince sevmiş olsaydı, araya sizi sıkıştırmazdı. Eski sevgilisi onu geri kabul etse dahi, inanın bana sevdiğinden değil, egosunu tatmin etmek için sadece, kendi bile bu gerçeği henüz bilmiyor ama yadsınılmaz bir gerçek. Onların ilişkisi mahvolmaya mahkûm. Eski sevgilisinin onu kabul ettikten sonra hayatından tamamen çıkartması, dua sonrası söylenilen "âmin" kelimesi kadar kaçınılmaz.

İnce düşünen taraf sürekli sen olunca, daha fazla mutsuz bir yaşam sürüyorsun. Sürekli sen düşünüyor, sürekli sen bir şeyleri yoluna sokmaya çalışıyorsun.

Dayının "Sen Eyşan'ın sana ne diye ihanet ettiğini merak etmiyorsun, sen Eyşan sana öyle haklı bir sebep göstersin ki Eyşan'ı affet istiyorsun." dediği yer...

KUSURA BAKMA AMA SEN BENİ HAK ETMİYORSUN

Bir insanın bir insanı hak ettiğini verdiği değerden çok iyi anlayabiliriz. İnsan sevdiğini manipüle etmez, sadece ihtiyaç duyduğunda görüşerek kafasında soru işaretleri bırakmaz fakat sen bana bunların hepsini yaptın be adam. Sen benim kendimle çelişmeme, ayrıldığımız zaman "Allah'ım ben bu adamla neyin kafasını yaşayarak birlikte olmuşum, bu adama bana çok yakın olabilme şansını neden tanımışım?" dememe sebep oldun. Pes edecek kadar güçsüz değilim. Senden vazgeçme sebebim güçsüz ya da yorgun olmam değil; ikimizden olmayacağını gözüme soka soka, kafama vura vura anlattığın için vazgeçtim. Senden ne zaman vazgeçtim biliyor musun adam? "Bıraktığım yerde durmuyor, bana değer vermiyorken ben neden hâlâ ısrarla bu adamı hayatımda tutmak için uğraşıyorum?" farkındalığını yaşadığım gün vazgeçtim.

Şimdi beni hak ettiğini söyleyeceksin fakat hayır adam hayır, sen beni başından beri hiç hak etmedin. Bu ilişki hep benim itip kalkmamla, benim çabalarımla ilerledi ve tek taraflı olan hiçbir şey verimli olmaz. Korkarım ki hayatımın sonuna kadar seni seveceğim, ne zaman adını duysam karnımda kelebekler uçuşacak ama sana hayatımda artık hiçbir şekilde yer vermeyeceğim. Defalarca şans verdim ben sana ama kusura bakma da verdiğim şanslardan bir tanesini bile kullanamayacak kadar aptaldın. Artık sen de beni bıraktığın yerde bulamayacaksın. Verdiğim şansları bedava verilen bir şey gibi çarçur ederken bunu göze alman gerekirdi.

Hiçbir kadın değersiz hissettiği hiçbir yere yakışmaz. Seni kafamda öldürdüm artık çünkü hep böyle misin bilmiyorum ama bir gün çok âşık, diğer gün duygusuz gibi davranarak dengesizliklerinle gözümden düşe düşe kalmadın. Hayatına girecek diğer kadınlara sabır, sana da akıl diliyorum Allah'tan.

Bir insan içinde yer edinirken yaptığı herhangi bir şeye tepki verdiğinde ona kızıp bağırdığında bile her şey hallolur ama sessizleşmeye başladığın yer vazgeçmekle, benim için yoksun demekle eşit, o yoldan daha da dönülmez artık.

BEN, YALAN DÜNYAN BÜYÜK HASARLAR BIRAKARAK BAŞINA YIKILDIĞINDA AKLINA GELECEK OLAN KADINIM

Olmayınca olmuyor bazı şeyler ama ben senin sevgisizliğine, bana tüm zerrelerimde hissettirdiğin değersizlik duygusuna rağmen beni sev diye ısrar edecek kadar âşıktım sana. Sende kendimi o kadar çok yormuş, hırpalamışım ki sana değer verdiğim zamanlardaki benle karşılaşsam yüzüne tükürürüm. Sanki ben denizdim, sen ise Ankara'ydın ama ben Ankara'da deniz olsun diye uğraştım. Çok zor oldu sensizken daha güzel olduğumu kabullenmem. Ben masum seven kadınım, sense seni çok seven kadını saçma insanlar uğruna harcayan adamsın. Sen beni çileden çıkarırdın, haklı olduğum hâlde haksız olduğumu düşündürürdün ve biliyor musun bilmiyorum ama bu bir ruh hastalığıdır. Sen senin için çabalayan, kendini yoran, deyim yerindeyse yemeyip sana yediren, içmeyip sana içiren, zamanını sana harcayan kadını kaybettin ve beni bırakarak koşarak gittiğin hiçbir kadın seni benim sevdiğim kadar çok sevemez çünkü ben seni çocukluğumu sevdiğim gibi sevmiştim.

O kadar masum, o kadar güzeldi ki sana olan sevgim ilişkimizi seni çok sevdiğim için değil, o masum sevgiye kıyamadığım için bitirmek istemedim. Unutma adam, papatyaları eze eze güllere gidenin ellerini dikenler kanatır, umut verip öylece ortada bırakanları Allah affetmez.

Bir gün, uğruna beni öylece ortada bıraktığın kadınlardan biri, hiç beklemediğin bir anda o yalan dünyanı başına yıkıp gidecek ve sen o gün beni anacaksın, o gün bizim için çok pişman olacaksın ama son pişmanlık hiçbir zaman işe yaramaz. Sen her yedek bulduğunda incittin beni, sürekli git-gel yapmalara alışkındın sen, baktım olmayacak en sonunda kalbim kanaya kanaya ben vazgeçtim seni sevmekten. Senin dengesizliklerinle, benden öğrendiğin sevme eylemini başka kadınları mutlu ederek kullanmanla uğraşamayacak kadar yorgun olduğumu fark ettiğim gün vazgeçtim seni sevmekten. Senin bana yaşattıklarının kat kat fazlasını sana yaşatacak kadar güçlüydüm ama seni Allah'a havale etmekle yetindim çünkü biliyorum o benim emeklerimi senden en mutlu olduğun anda fazlasıyla çıkaracak. Kalbinin ekmeğini yemen dileğiyle...

Kendin hariç herkes için fedakârlık yapmak, kendine o kadar büyük saygısızlık ki...

UZAK MESAFE İLİŞKİLERİNİN OLUMLU VE OLUMSUZ YÖNLERİ

Uzaklık kalbi, sevgiyi daha çok büyütür çünkü uzun süre ayrı kaldıktan ya da iletişim kopukluğu yaşadıktan sonra ufacık bir "İyi geceler" mesajı bile kalbinizi ısıtır. Uzun süre bekledikten sonraki buluşmanız bekleyişinize değdiğini gösterecek ve sizi birbirinize daha çok bağlayacaktır. Ayrıca uzak mesafe ilişkilerinin hayatta kalabilmesi iletişime bağlı olduğu için aranızdaki iletişim bağları daha kuvvetli olacaktır. İletişim kısa ya da küçük bile olsa sizin için çok fazla değerlidir. Uzak mesafe ilişkisi sizi birey olarak daha güçlü, çift olacaksa harika kılar çünkü bekâr olduğunuzda yani partneriniz uzaktayken kendi yemeğinizi kendiniz yapar, bozuk ampulleri tamir eder, patlak lastikleri değiştirir, tek başınıza bir sürü aktivite yapabilirsiniz. Kendi başına yaşamak sizi güçlü ve bağımsız kılar. Ayrıca uzaktan ilişki yürütebildiğiniz için harika bir çiftsinizdir, onca insan aynı şehirde hatta aynı evde bile bazen ilişkilerini yürütemezken siz uzaktan yürütüyorsunuzdur ve bu herkesin başarabileceği bir şey değildir.

Olumsuz yönleri dendiğindeyse en başta konuşmaların tükenmesi gelir. Canlı sohbetlerin yokluğunda can sıkıntısına düşmek çok kolaydır. Eğer yaptığınız tek şey telefonda düzenli rutinlerle birbirinizi güncellemekse konuşmalar bir süre sonra azalacak ve bitecektir. İlişkinin genel durumunda kalıcı bir belirsizlik vardır. Sizi huzursuz bırakmakla kalmaz, hayatınızın diğer alanlarını da etkiler. Partnerler ayrı hayatlar sürmeye alışırsa bu rutine dönüşür ve ilişkideki belirsizliği giderek arttırır. Bazı durumlarda "Acaba şimdi ne yapıyor?" düşüncesiyle kendinizi o kadar çok yıpratırsınız ki ailenize, arkadaşlarınıza, sosyal hayatınıza karşı ihmalkâr olabilirsiniz. Ayrıca partnerinizin sürekli yokluğu sizi depresif ve umutsuz hâle getirebilir. Başarılarınızı, korkularınızı, gülüşlerinizi, gözyaşlarınızı paylaşmayı istediğiniz en önemli kişi sizden çok uzaktadır, çiftlerin el ele yürüdüğünü gördükçe onu özlersiniz ve bir süre sonra bu durum sizi ya da karşı tarafı sıkabilir. Güven tam oluşmadıysa, "Aldatırsa, şimdi başka bir kızla birlikteyse" filan gibi düşünceler beyninizi yer ama bu olumsuz yönlere rağmen uzak mesafeli ilişkiyi yürütebilirseniz kendinizi ve partnerinizi tebrik edin.

Gelin biraz da size uzak mesafe ilişkisi nasıl yürütülür ondan bahsedeyim: Sürekli iletişim kurmak isteyerek karşı tarafı sıkboğaz etmek ve kendinizi yormak yerine ayrı kalmayı birbirinize karşı bir sevgi testi olarak görün çünkü bir Çin atasözü "Gerçek altın, ateşle test edilmekten korkmaz." der. İzin verin mesafeler aranızdaki bağları kuvvetlendirsin. Bu ilişkiden beklediğiniz şeylerin neler olduğunu güzelce belirtin çünkü belirsizlik her ilişkiyi mahveder.

Düzenli iletişim kurun, birbirinizin mesajını önemsemeyip on saat sonra cevap verme işine de girişmeyin, sık sık konuşarak konuları da bitirmeyin, dengeyi koruyarak birbirinizi mutlu edin. Uzakta olmasına rağmen gideceğiniz yerleri önceden haber vermeniz partnerinizin hoşuna gidecek ve onu size bağlayacak, güvenmesini sağlayacaktır, ayrıca yersiz endişe ve korkuları giderecektir. Birlikte online oyunlar oynayarak ya da yürüyüş yaparken görüntülü konuşarak, birlikte sağlıklı beslenerek, ders çalışarak, birlikte kitaplar okuyup onlar hakkında sohbet ederek ilişkideki heyecanın bitmesine izin vermeyin. Birlikte bir hedef belirleyin çünkü hiçbir ilişki sonsuza dek uzaktan sürdürülemez, bu yüzden kendinize şu tarihte şurada buluşacağız, şu tarihte birlikte şu aktiviteyi yapacağız gibi planlar hazırlayın. Bu sayede bu uzak mesafeli ilişkinin sonunda birbirinizi hayatınıza dâhil edeceğiniz bir gelecek elde edebilirsiniz. Birbirinize karşı dürüst ve sadık olun ki aradaki bağlar güçlensin. Korkularınız, kıskançlıklarınız, ilgisizlik hisleriniz hakkında açık ve dürüst bir şekilde konuşun. Kişisel eşyalarınızı birbirinize hediye ederek gün içinde birbirinizi hatırlamanızı ve mutlu olmanızı sağlayın. Unutmayın mesafeler engel tanımaz, aşk varsa imkân da vardır, çaba da vardır ve sonu birbirinize çıkan her yol zor da olsa güzeldir.

Sevgi insanoğlu için her şeydi çünkü
hem o seni sevecek hem de sen onu seveceksin.
Bundan daha yürekli bir şey mi var?

KALICI İLİŞKİLERLE MAHVOLMAYA MAHKÛM OLAN İLİŞKİLER ARASINDAKİ FARKLAR

1. **Kalıcı ilişkilerde iki taraf da aşkı öldürmemek için ellerinden gelen her şeyi yapar.** İlişkiye heyecan katmak için çaba sarf ederler fakat mahvolmaya yani bitmeye mahkûm olan ilişkilerde çiftlerden sadece bir tanesi aşkı öldürmemek, ilişkiye heyecan katmak için çabalar ve çabalayan taraf yorulup bırakmak istediğinde karşı tarafın baskısı altında kalır.

2. **Kalıcı ilişkileri kalıcı yapan en önemli unsur saygıdır.** Birbirlerini saygıyla dinlerler, birbirlerinin ailelerine karşı saygıları ve ahlaklı davranışları vardır fakat bitmeye mahkûm olan ilişkilerde taraflar birbirlerini incitmekten korkmazlar, birbirlerinin aileleriyle ya görüşmezler ya da onlara saygısız davranırlar.

3. **Evet, her insan hatalar yapabilir fakat kalıcı ilişkilerde taraflar birbirlerine karşı dürüst oldukları için hataların affedilebilme ihtimali daha yüksektir.** Bitmeye mahkûm ilişkilerde taraflar birbirlerinden çoğu şeyi saklarlar, birbirlerine yalan söylerler. Hata yapılabilir ama bir de hataları saklayacak yalanlar söylenmesi, bir ilişkiyi bitirmek için aradaki bağları kesen keskin bir bıçak gibidir.

4. **Kalıcı ve sağlıklı olan ilişkilerde çiftler iletişime çok önem verirler**, o kadar iyi iletişim kurarlar ki birbirleriyle her şeyi paylaştıkları için birbirlerinin her şeyi olurlar. Bitmeye mahkûm olan ilişkilerde ise çiftlerin konuştuğu konular sınır-

lıdır hatta o tarz ilişkilere çıkar ilişkisi diyebiliriz, partnerler birbirlerinin ihtiyaçlarını karşılarlar ve fazlası olmaz.

5. Kalıcı ilişkilerde çiftler iş bölümü, anlaşma filan yaptıkları için tartışmalar da azdır fakat mahvolmaya mahkûm olan ilişkilerde taraflar "Markete niye gitmedin, çiçekleri niye sulamadın?" gibi basit tartışmalar yaşarlar ve her tartışma aslında ilişkilerini, onlar bunu fark etmeden, zedeler.

6. Kalıcı ilişkilerde çiftler birbirlerine güvenirler, mesela birisi sevgilisini karşı cinsten biriyle konuşurken gördüğünü söylediğinde "Konuşması gerekmiştir konuşmuştur." deyip geçerler fakat mahvolmaya mahkûm ilişkilerde aynı durum yaşansa arada güven olmadığı için şüphe oluşur ve "Kimdi, niye konuştun, ne konuştunuz?" filan gibi cümleler kurulur. Güven olmayan ilişkilerde şüphe başköşede olur ve kısa bir süre sonra o ilişki biter.

7. Kalıcı ilişkilerde kısıtlama yokken mahvolmaya mahkûm olan ilişkilerde kısıtlama çok fazladır. "Bunu yapamazsın, o arkadaşınla görüşme, oraya gitme, o işte çalışma, onu giyme." gibi manipüle edici cümleler vardır.

8. Kalıcı ilişkilerde çiftler birbirlerine yapışmazlar, yalnız vakit geçirmek, kendilerini geliştirmek için birbirlerine saygılı bir şekilde izin verirler. Mahvolmaya mahkûm ilişkilerde ise tam tersidir; arkadaşlarla vakit geçirmeye bile surat asılır, sürekli arayarak ya da mesaj atarak sevgili gittiği yerde rahatsız edilir.

ERKEĞİN KALBİNE GİDEN YOLLARIN HARİTASI

İnsanın doğasında her zaman bir şeyi veya birini özlemek vardır fakat hiçbir kadın konu erkekler olduğunda sonsuza kadar beklemek istemez. Aslında erkekler o kadar da karmaşık değillerdir. Sadece dikkatlerini çekmek biraz zor olabilir. Bu yüzden onlara dair önemli şeyleri de iyi bilmek gerekir. Mesela derler ya erkeğin kalbine giden yol mideden geçer. Ya tek yol mide değilse? Genellikle ilk adımı atması gereken erkeklerdir ama bir erkek onunla ilgilenip ilgilenmediğinizi bilmediğinde ne yapmalı? Size ben erkeklere ait bir harita versem ve nasıl kullanılacağını anlatsam, işinize yarayabilir. Peki bir erkeği bir kadının peşinden nasıl koştururusunuz? Aslında düşündüğünüzden çok daha kolay... Tek yapmanız gereken birkaç ipucu ve püf noktayı öğrenmek. Bu ipuçlarını öğrendikten sonra istediğiniz adam peşinizde olacak. İşte size çok işe yarayacak dokuz ipucu:

1. **Dikkatini çekin:** Ona hemen yaklaşmayın çünkü bu onun için çok kolay olur. Erkekler avlanmayı severler ve kolay bir avsanız onlar için ilgi çekici olamazsınız. Eğer birlikte bir odadaysanız yakınına oturun ki sizi görebilsin. Yüksek sesle konuşmaya çalışmayın veya dikkat çekmeyecek kadar kendinize güvendiğinizi unutmayın. Erkeklerin gözleri fıldır fıldır hep dışarıdadır. Onlara görsel olarak hitap etmek daha kolaydır. Sadece sizi fark ettiğinden emin olun. Bu ilk başta kulağa kolay geliyor ama asıl mesele şu ki bunu doğru şekilde yapmalısınız.

2. **Kendinize güveninizi gösterin:** Onunla konuşmaktan korkmayın ve dilerseniz sohbet etmeye başlayın. Başınızı

dik tutun, gözlerinin içine bakın ve gülümseyin. Aynı anda sesinizin tonu ve duruşunuz kafasını karıştırmaya yetecektir. Yapamayacağınızı düşünüyorsanız doğru anı beklemek daha iyi olacaktır. Kekelemeye veya garip davranmaya başlarsanız işleri altüst edebilirsiniz. Erkeklerin ne istediğini, kimi istediğini bilen ve konuşma cesaretine sahip olan kadınları sevdikleri doğrudur.

3. **Her zaman iyi görünün:** Açıkçası her erkek güzel bir kadına bakmaktan hoşlanır ve kadınların güzelliğinin ve çekiciliğinin sırrı genellikle kişisel bakımda yatar. Tırnaklarınıza ve saçınıza iyi bakın. Dikkat çekici ve güzel kıyafetler giymeye çalışın ancak abartılı veya gösterişli olmadığınızdan emin olun.

4. **Çok müsait olmayın:** Erkekler avcıdır. Her zaman yanındaysanız peşinden koşacak bir adam bulamazsınız. Hatta onu aramaya devam ederseniz veya mesajlarına anında cevap verirseniz sizi sıkıcı bulabilir. Bu yüzden biraz ilgi odağı olmaktan zarar gelmez. O sizin anınızı kollasın. Her zaman anında cevap vermeyin hatta bazen aramalarına hiç cevap vermeyin. Ona kendi hayatınıza sahip olduğunuzu ve onsuz da iyi olduğunuzu gösterin. Bu kesinlikle adamı çılgına çevirecek ve sizi aramasını sağlayacaktır.

5. **Biraz flört edin:** Bu, dikkatli bir şekilde takip etmeniz gereken bir tavsiyedir çünkü aşırıya kaçmamaya dikkat etmelisiniz. Onunla flört edin ancak ustaca ve dolaylı olarak bunu yapın. Bu ise onun kalbine direkt Eros oku saplamak gibi bir şey olacaktır. Bazen ona göz kırpabilir veya iltifat edebilir ya da kulağına bir şeyler fısıldayabilirsiniz. Onunla konuşurken gözlerine bakın ve gülümseyin.

6. **Onsuz yapabileceğinizi ona gösterin:** Elbette ilk başta kendi başınıza mutlu olmanız önemlidir. Vaktinizi

kendinize harcayın ve onu biraz bekletin. İstediği zaman size sahip olamayacağını anlarsa size deli olur. Bu, bir erkeğin peşinizden nasıl koşacağına dair kesin bir tavsiyedir, güvenin bana.

7. **Girişken ve konuşkan olun:** Herkes sosyal insanları sever. Daha fazla dışarı çıkın, dikkat çekin, sosyal medyada fotoğraflar paylaşın ama görevlerinizi ihmal etmemeye çalışın; kısacası mükemmel bir denge oluşturun. Popüler kadınlar daha çok talep görür, ulaşılamayacak gibi görünürler ve bu yüzden çok ilgi çekerler.

8. **Ona, diğer erkeklerin de sizi istediğini belli edin:** Bu, birinin sizi kovalaması için alabileceğiniz en iyi tüyolardan biridir. Ayrıca bu sizin egonuzu da deli gibi güçlendirir.

9. **Asla olmadığınız biri gibi davranmayın:** Bunu hiç denemeyin çünkü yapamayacaksınız. Onu bir şekilde çıldırtsanız bile bir gün numara yapmayı bırakmalısınız ve o yalancı sihrin tamamı kaybolmalı.

Kısacası yukarıda da görebileceğiniz gibi birinin peşinizden koşmasını sağlamanın pek çok yolu vardır. Sunulan tüm ipuçlarını birleştirmeli ve doğru zamanda uygulamalısınız ya da sadece size ve durumunuza uygun olanları seçebilirsiniz. Hiçbir şey için zorlanmamalı ve hiçbir şeyden korkmamalısınız, sadece kendiniz olun ve biraz cesur olun. Bu ipuçlarından en az biri kesinlikle işe yarayacaktır, bu yüzden korkmayın, adım adım gidin ve istediğiniz adam sizin olsun.

SEVDİĞİNİ SÖYLEMESİNE RAĞMEN SİZİ ALDATMASININ SEKİZ NEDENİ

1. **Zayıf bir adam olduğu için:** Zayıf ruhlu insanlar kendilerini daha iyi, daha güçlü hissedebilmek için her şeyi yaparlar. Zayıflığından dolayı kafasında farklı senaryolar oluşturup bu olumsuz senaryolara inanırlar. Güzelliğinizi veya başarınızı kıskanmasının sebebi sizinle ilgili değildir, onun kendi zayıflığından ötürüdür. Sizin kadar iyi olmadığını düşünecek ve ona tapacak birini bulacaktır. Size zarar vereceğini bile bile yine de kendi eksikliğini tamamlamak için durmayacak, yapacaktır. Bu durum, zayıf olan her insanın kendini rahatlatmak ve kendini iyi hissetmek için yapacağı bir şeydir.
2. **Fethetmeyi sevdiği için:** Bir insan fethetmeyi seviyorsa bunu her gün kendini iyi hissetmek, farklı insanlar tarafından sevildiğini hissetmek için yapacaktır. Sizi sevdiğini söylese bile adrenalinini artıracak farklı birini bulma arayışına girişecektir fakat bu durumun sizinle, sizin ona verdiğiniz sevgiyle hiçbir alakası yoktur. Bu av oyununda iyi vakit geçirecek, sonra da evinize gelip gün boyunca sizi ne kadar çok özlediğini, aslında sizi çok sevdiğini söyleyecektir. Aldatan çoğu insan ikili oynamaktan zevk alır.
3. **Dürüstlükten yoksun olduğu için:** Bir insan ilişkisinde dürüst olmazsa istediğini yapar ve sizi asla düşünmez. Sizi çok sevse de bu dönemde sizi ne kadar üzdüğüne, yıprattığına önem vermez çünkü onu çok sevdiğinizi biliyor ve ne olursa olsun asla terk etmeyeceğinizi düşünüyordur. Böyle bir adam sizi

incittiği için ne kadar üzgün olduğunu söylese de sizi asla mutlu edemez çünkü bir kere hile yapan hep yapar, bir kere yalan söyleyen hep söyler, bir kere aldatan tekrar aldatır...

4. **Bencildir:** Bir erkek bencil olduğunda sadece kendini düşünür. Sizi ve ihtiyaçlarınızı düşünmez. Bunun yerine sadece kendi ihtiyaçlarını karşılamak için çaba sarf eder. Siz etrafta yokken birçok kızla flört etmekte sorun yaşamaz ve sonra gelip size sarılıp uyur. Böylelerinin merhameti yoktur ve nihai amaçları sadece kendi çıkarlarıdır. O yüzden lütfen kanmayın. Aşk onun için pek bir şey ifade etmez ve her zaman sizden daha iyi olduğunu düşündüğü birilerine gider. Bu onun doğuştan öğrendiği bir şey ve tüm hayatı boyunca böyle olacak, o yüzden lütfen pişman olursa değişir diye düşünmeyin çünkü bu modeller değişmiyor ne yazık ki...

5. **Ego artışı isterler:** Karısını sevdiğini söylediği hâlde onu, gördüğü herkesle aldatma çabasında olan erkekler vardır. Bunlar; kendilerini üstün, çekici, arzulanan hissetmekten hoşlanırlar. Yani daha önce bahsettiğim gibi bunu da sadece kendilerini iyi hissetmek için yaparlar. Sizi ne kadar kıracaklarını değil, birisiyle başladıkları bu çirkin oyunda nasıl hissedeceklerini düşünürler.

6. **Ayrılık sonrası karaktersizliği:** Sırf kendi çıkarları için yapmayacağına söz verdiği şeyleri de yapar. Siz onunla birlikte değilken hayatınızın harika olduğunu gördüğünde kendisini tatmin edecek biri arayışına girişir. Sürekli sizi suçlayacak ve bu konuda hiçbir şeyi değiştirmeye çalışmaz. Bunun yerine sizi incitebileceği yeni birini bulur çünkü canınızı yakmaktan zevk alır. Sizin mutlu olmanıza tahammül edemediği için size zarar vermek onun hoşuna gider.

7. **Seks bağımlısıdır:** Bir seks bağımlısıyla tanışacak kadar şanssızsanız onun her zaman seks yapacak biri arayışına gireceği-

ni kabullenmekten başka çareniz olmaz. Onunla her gün birlikte olsanız bile bu ona yetmeyecektir çünkü farklı arayışların peşinden gitmek onu mutlu eder. O kafasıyla değil hormonlarıyla düşünen biridir ve bu nedenle onun için siz de duygularınız da öncelikli değildir. Partnerinizin böyle bir sorunu olduğunu fark ederseniz ve o tedavi olmak istemezse, çabalamazsa ne yazık ki ondan vazgeçmekten başka çareniz yoktur.

8. Fırsatçıdır: Bazı erkekler fırsatları olmadığı için aldatmazlar yani kanlarında şerefsizlik vardır fakat fırsatları olmadığı için yapamazlar. Fırsatı yakaladıkları anda ise kesinlikle yapar bu modeller. Mesela, her zamankinden biraz daha fazla içtiyse yapacaktır ve bahanesi sarhoşluk olacaktır fakat sarhoş olduğu için değil, mayası bozuk olduğu için yapar. Bu durumda sadece kendisinin o anki zevkini düşünecektir. Sadece anı yaşayarak tadını çıkaracak, sonra da pişman olacaktır. Çoğu erkek partnerini bu şekilde kaybeder. O size ilk fırsatta ihanet edecek kadar aptalsa siz de onu ilk hatada bırakacak kadar zeki olmalısınız.

Ne istediğini bilmeyen tavırlarına ve sana iyi günler diliyorum. Bir insanın değer vermediğini anlamak hiç zor değil... Zor olan bunu kabul etmek ve o kişiyi en kısa sürede hayatınızdan çıkarmak olmalı. Birinin saplantısı, hırsı, anası, babası, psikoloğu ya da geçmişinin yaması değil de önemsemekten kıyamadığı, kendiliğinden koşarak geldiği biri olmak sevgidir. Sırf düzelir diye cebelleştiğiniz şey sevgi değil arkadaşlar sevgisizlik. Bunu kafanıza vura vura öğretin kendinize.

GİTMEYİ HÂLÂ BİLMEYENLERE GELSİN

Âşık olduğumuz zaman her şey harika görünür. Hayatımızın her alanı mükemmel gibi gelir gözümüze. Küçük şeyler aslında bizi mutlu etmediğinde, ilişkimiz varsa ve yolunda gidiyorsa onlardan bile mutlu olmaya başlarız. Evet âşık olmanın böyle bir gücü vardır. Bazen ise bir yerden sonra ilişkide olumsuz durumlar olabilir. Eskiye dönebilmek için emekler verilir, jestler yapılır. Elbette her ilişkide değil ama bazı ilişkilerde maskeler takılır. Bunun sebebi ise tartışma uzamasın, konu kapansın diyedir veya uçsuz bucaksız konuşmalardan sıkılmaktır. Biraz daha rahat olabilmek için hiç sorun yokmuş gibi davranılır. Tabii ki bunların da bir sonucu olacaktır. Bu hayatta yapılan hiçbir hareket amaçsızca yapılmaz bunu unutmayın. Sonuçları ne olur sizce? Elbette aldatma, yalan, hile, güvensizlik vesaire olarak size geri döner. Size bu olumsuz durumları yaşamanızın bazı sebeplerini anlatmak istiyorum.

1. **İlişki eskisi gibi değildir:** İlişki artık çok yeni ve taze olmadığında, her şey zaten bilindiğinde ve sıradan olduğunda, sevdiğimiz kişinin nasıl davrandığını ve yaptığımız her şeye nasıl tepki verdiğini bildiğimizde, bazen sadece yeni bir şey ararız. Henüz ilişkiden vazgeçmeye hazır değiliz ancak başlangıçta olduğu gibi âşık olmak ve arzulandığımızı hissetmek isteriz. Ne yazık ki her başlangıcın bir sonu vardır ve yeni bir aşk bile zamanla artık çok yeni ve heyecan verici olmayabilir.

2. **Cinsel ilişkide problemler vardır:** Cinsel tatminsizlik çok yaygın bir ilişki krizidir. Elbette bu ilişkiden vazgeçmek için bir sebep hatta kaçmak için bir bahane olmamalı.

Çoğunlukla karşımızdakinin konuşmaktan çok yeni birini bulup kaçışı saklayarak aldatmayı daha kolay bulması oldukça adice bir şeydir.

3. Eşitlik savaşı: Bir taraf yalan söyledi veya hata yaptıysa diğeri de onun canını acıtmak, ona aynı şeyi yapmak ister. İntikam almanın kendisini iyi hissettireceğini düşünür. İntikamın ilişkiye yeniden denge getirdiğine inanılır ancak dengeyi gerçekten geri getirip getirmediği ya da sadece ilişkinin sonunu getirmesi fark etmez, çok geç olmadan iki kez düşünmelisiniz. Çünkü bu durum kesinlikle zarar verir ilişkinize. Bu yüzden siz siz olun ilişkinizi ve sizi küçük düşürecek şeyler yapmayın, bırakın olacağı varsa olur, olmazsa da olmaz. Bu durumda sizin şerefiniz ve karakteriniz daha önemli, sakın unutmayın.

Sırf emek verdin diye binlerce kez şans tanıdığın, hayatından belli bir zamanı ona ayırdığın için arkanı dönüp de gidemediğin, sırf o tanıdık hissi var diye vazgeçemediğin her şey koca bir "Yeter artık!" hâline geliyor.

KIYMET BİLENE GÖNÜL DE VERİLİR ÖMÜR DE

Hata yapmak, affetmek, telafi etmek bunların hepsi insani şeylerdir. Peki hasar görmüş bir ilişkiyi düzeltmek, partnerinizi affetmek mümkün mü? Bazıları için mümkün, bazıları için değil. Her hâlükârda, bu oldukça büyük bir güven ihlalidir ve ne karar verirseniz verin kolay olmayacaktır. Neredeyse hiç kimse bir ayrılık yaşamak istemez ancak bir hasardan sonra bir ilişkide kalmak kolay bir iş değildir. Her iki durumda da ilk etapta o ilişkinin olmasının nedenlerinin derinlerine inmelisiniz.

Mesela kimin aldatma ihtimali daha yüksektir? Erkekler ayrılmayı sevmezler, mutsuz olsalar bile o ilişkide kalmaya devam ederler, bu yüzden aldatmayı tercih ederler. Peki erkekler, kadınlardan daha sık mı aldatırlar? Tabii ki hayır! Aldatmanın cinsiyetleriyle hiçbir ilgisi yoktur. Sadık veya sadakatsiz olmak kişisel bir seçimdir, karakter göstergesidir. Bir ihanetten sonra ilişkiye nasıl devam edebilirsiniz?

Partnerinizi affetmeyi seçerseniz, gidecek çok yolunuz vardır. Tekrar sağlıklı bir ilişkiye sahip olmak gerçekten de mümkündür ancak bu bir gecede olmaz. İlişkinizi tekrar yoluna koymanıza yardımcı olacak bazı ipuçları:

1. **Güveni yeniden inşa etmek:** Bir ilişkiden sonra birine olan güveni yeniden kazanmak kolay değildir. İhanet eden için tabii ki kolay olmayacak ama ihanete uğrayan için daha da zor olacaktır. Şimdi eylemlerin kelimelerden daha yüksek sesle konuştuğunu hatırlamanın zamanı geldi. Sadece değişeceğinizi, olanları tekrar etmeyeceğinizi söylemek ve söz vermek yeterli değil. Aynı zamanda bunu göstermeli ve kanıtlamalısınız.

Mesela sormasa bile, hiçbir şey saklamadığınızı ona göstermek için partnerinize her zaman nereye gittiğinizi, kiminle birlikte olduğunuzu, ne yaptığınızı söylemelisiniz. Güveni yeniden kazanmak kolay bir iş değildir ama imkânsız da değildir. Sadece çok sabırlı ve sevgi dolu olmalısınız.

2. İlişki üzerinde çalışmak: Dikkat edilmesi ve hatırlanması gereken en önemli şey, ilişkinin tatminsizliği değil tatminsizliğin doğurduğu sonuçlardır. Çoğu zaman, bundan önce çözülmesi gereken bazı ilişki sorunları olduğu anlamına gelir. Bir ilişkinin yürümesi için üzerinde çalışmak çok önemlidir. Ne yazık ki aşk yeterli değil, biraz da denemelisiniz ve emek vermelisiniz. Bir ilişki için neyin önemli olduğunu ve ona nasıl ulaşılacağını dikkatlice düşünün. Ama buradaki en önemli kelime şudur: Birlikte! Bir kişi tek başına ilişki yürütemez, bir partner ilişki için ne kadar çok emek verirse versin bunu tek başına yapamaz. Bir ilişkide başarının anahtarı beraberliktir.

3. Uzmanlardan yardım almak: Giysilerimizi değiştirmek istersekterziye, giyim mağazalarına; saç kesimimizi değiştirmek istersek kuaföre gidiyoruz. Peki, bu durumlarda profesyonel yardım almak neden sorun değil de ilişki konusunda sorun oluyor? Çoğu kişi ilişkileri söz konusu olduğunda hâlâ profesyonel yardım almaktan kaçınıyor. Bir çift terapisti şu anda tam olarak ihtiyacınız olan şey olabilir. Çift terapisi veya evlilik danışmanlığı almak, ilk memnuniyetsizliğimizin nedenlerini bulmamıza ve ayrıca birbirimizle daha iyi ve daha başarılı iletişim kurmayı öğrenmemize yardımcı olabilir.

4. Geçmişe takılmayın: Bir ilişkiyi affetmeye ve ilişkiye devam etmeye karar verirseniz, geleceğe odaklanmak çok önemlidir. Tekrar tekrar geriye bakmak, geçmişte yaşamak ve partnerinizin hatalarından bahsetmek size bir fayda sağlamaz. Aksine onu sizden daha da uzaklaştırır.

NEDEN DİBE VURUYORUZ?

Sebebi ne olursa olsun yaşadıklarımızdan dolayı dibe doğru amansızca bir yolculuğa çıkıyoruz. Fakat kurtulamıyorsak daha da dibe vuruyoruz demektir.

Ne kadar ezik bir duygu değil mi? Sizi her şeyden özel hissettiren birinin, sevgiyi ve mutluluğu çöp gibi kenara atıp sizi hiçe sayması. Bu durumda en acı veren şey de onun bir kere bile tereddüt etmeden arkasına dahi bakmamasıdır. Size tavsiyem böylelerini stalk etmeyi de bırakın. Böyle birini merak edip aklınızdan geçirmek bile sizi daha aciz yapar. Bir ihtimal uğruna kendi hayatınızı kötü ettiniz; huzurunuz, mutluluğunuz yok... Canınız hiçbir şey yapmak istemiyor ve kendinizi eve tıkıp kendinizi zorla depresyona sokuyorsunuz.

Yapmayın etmeyin lütfen. Olayın en kötü tarafı da ne kadar ah etseniz de sövseniz de onu hâlâ deliler gibi seviyor olmanız. Birini sevdiğinizde lütfen kimsenin sizi sevgi yolu ile sizi yerin dibine sokmasına izin vermeyin. Bu ülkenin kadınlarının yaşadığı bir durum, artık Türk kadını buna bir dur demeli. Güçlü olun her zaman ve kalkmayı bilin. Unutmayın, bu duruma bir günde düşmediniz ve bir günde de çıkmayacaksınız. En başta çok acı verse de yolun sonunda kendinizi daha mutlu ve daha huzurlu hissedeceksiniz.

En kötüsü de sahip olmadığın şeylere ait olmaktır. Ben sevdiğim için asla utanmam, niye biliyor musun? Çünkü asıl utanması gereken ölümüne sevildiğini bildiği hâlde sevmesini bilmeyendir. Yine de âşık ve anlayışlı olamıyor, olmuyorum. Biz büyük sevdik, gidenler utansın, daha da hiçbir şey demem.

SİZ DEĞİL, PAŞASI MERAK EDİP KUDURSUN!

Ayrılık sonrası stalk yapmak daha çok kadınlara has bir şeymiş gibi düşünülür ama biraz sakince olaydan uzaklaşıp büyük resme uzaktan bakarsanız daha iyi anlarsınız. Elbette durumlarınıza bakıyor olması sizi takipten çıkartmaması sizi hâlâ daha seviyor manası taşımaz. Sevseydi zaten ayrılmazdı. Siz bu tür basit şeylerle bile mutlu olmayla yetinmişsiniz. Ancak kendinize biraz nefes alacak süreç belirleyin. Acı verici olabilir ama iyiliğiniz için bunu deneyin. Diğer türlü çok yanlış bir davranış sergilersiniz, hem de çok. Derhâl her şey komple mahvolmadan stratejinizi değiştirmelisiniz.

Siz şimdi ona göndermeli paylaşımlar atınca bakıp bakmadığını, baktıysa neler ne hissettiğini falan düşünüyorsunuzdur. Eğer baktıysa sizi hâlâ sevip unutamadığını düşünüp bunla kendinizi avutuyorsunuz ama bu işler böyle yürümüyor. Siz uzaklaşacaksınız...

Erkek eğer dediği gibi sevmiş olsaydı tek bir gece dahi sizi düşünmeden, sizi ne kadar üzdüğünü aklına getirmeden kafasını rahat rahat yastığa koyamazdı. Muhtemelen siz ayrılığı kabul edemediniz, defalarca uzun uzun destanlar yazdınız, aradığınızda geri dönüş alamadınız. Bu şey ise olayları iyice karıştırdı ve siz hep kendinizi suçladınız. Sonra da ileriden dönüş yapıp yine ağladınız yalvardınız. Böyle olunca ne olacak paşasının bir yerleri tavan yaptı. Demem o ki onun ne yaptığı, sizi stalk edip etmemesi hiç önemli değil. Bir gün hayvan gibi pişman olup kapınızda yatıp kalkmadığı sürece hiçbir şeyi kökten çözemezsiniz.

Sen ayrıldın sanıyorsun ama işin aslı Allah beni senden korudu. Sen bana küfredip ailemin yanında bana garaz beslemeye cüret eden aşağılık bir herifin tekisin. Bir de kaderimden kaçıp senle birlikte olmaya devam etseydim kim bilir ne hâlde olurdum? Ben sadece onurlu bir kadın değilim,
Allah'ın sevgili kuluyum ki o, senin gibi bir belayı benden uzaklaştırmış.

BENLE DE OLMUYOR, BENSİZ DE OLMUYOR

Koca bir mağlubiyetin içinde ufacık bir umut dahi olsa bazen insan her şeyi yakıp yıkmalı. Az miktar umut mu kaldı içinde, kendi ellerinle ateşe ver. Belirsizlik hem insanı yavaş yavaş mahveder hem de en kötü ihtimalden bile daha kötüdür. Yangın yeri çünkü... Ateş yakabileceği her şeyi yakar, sonra söner. Eminim ki sen onunla olabilmek için elinden geleni yaptın, her şey için gani gani çaba verdin. Lakin insanın bir dur noktası olmalı. "Bunu da affedersem kendime olan saygımı komple yitiririm." aşaması olmalı. Soruyorum sana, kendisine saygı duymayan birine kim neden saygı duyar? Dengesiz tavırları kabullendiğinde aynı anda adi birinin oyuncağı olmayı da kabul edersiniz. Sen kimsenin iyileştirme merkezi değilsin.

"Belki"si, "acaba"sı yok bu durumun. Sen şimdi sanıyorsun ki böyle yaparak kıymetini, değerini bilir ve içinden der ki: "Ne şanslı adammışım, bunca şeye rağmen hâlâ bende kalabilmek için direnen, beni hatalarımla seven bir kadın var."

Yaptığın fedakârlıkları yazacağın uzun uzun mesajlar olacak, barışırsınız diye. "Yapmasaydın kızım!" diyecek, üstüne seni engelleyecek. Daha iyisini bulunca gözüne soka soka ilişkisini yaşayacak. Sen ise acınla ortada kalacaksın. O iyileştirdiğin adam seni hasta edecek. Ama nasıl hissettirdiğini asla unutmayacaksın, her zaman içinde derin bir yara olarak kalacak. O yüzden böyle şeyler yaşamadan, arkana bakmadan uzaklaş...

Siz siz olun asla ve katiyen haklı olduğunuz durumlarda sırf araya soğukluk girmesin diye ilk mesajı atan taraf olmayın. Siz çıtayı Kafdağı'na çıkartıp bir de yalvarmışsınız. Ve işin en kötüsü güçlenmek isteyişinizin en güçlü sebebi de daha çok onun uğruna bir şeyler heba etmek istemenizdir.
Bunu kabullenmezseniz bu böyle hızlanarak artar ve dibi görme süreniz daha da kısalır.

ARKANIZA YASLANIN VE BU ADAMIN DEDİKLERİNE GÜVENİN

Özellikle hatalı taraf, hatalarını telafi etmeye çalışıyorsa ve ilişkiyi iyiye götürmek, sizi mutlu etmek için uğraşıyorsa aynı sorunları ısıtıp ısıtıp önüne koymak ilişkinize zarar verir. Bağışlamak mutlak unutmak anlamına gelmez fakat bunu gelecekteki her sorun için de yüzüne vurmamalısınız. Geride bırakmak istediğinizden ve onu affedebileceğinize inandıktan sonra kendinize güvenin. İlişkinizin geleceği için ne istediğinize birlikte odaklanmalısınız. Mutlu bir ilişkiye sahip olmanın tek yolu budur.

Birazcık değişiklikle kendinizi daha iyi hissedebilir ve daha fazla ilgi çekebilirsiniz. Bunun için size birkaç küçük tavsiye vermek istiyorum: İlgi çekici, dikkat çekici olun. Bu ilk başta yorucu ve itici gelebilir ancak ilk engelde vazgeçmedikten sonra birçok durumda sizin için ne kadar önemli olduğunu göreceksiniz. Çekiciliğiniz; kişisel görünümünüz, karizmanız, öz güveniniz, sosyal konumunuz, maddi planlarınız, yaşam tarzınızdan oluşur. Mesela görünüşünüze, giyiminize daha fazla özen gösterin. Sağlıklı beslenin, boş su için, egzersizler yapın. Kendinizle ilgili hoşunuza gitmeyen ama ertelediğiniz her şeyi değiştirin. Yaptığınız her şeyle, giydiğiniz kıyafetlerle, ağzınızdan çıkan kelimeler ile kişiliğinizi ön plana çıkarın.

Karizmanız da çekicilik konusunda önemli bir noktadır. Kendinizi en ufak şeylerde bile sürekli strese sokarsanız çevrenizdeki insanlar da bu durumu fark edecektir. Birazcık kendinizle kalmanız, stresinizi kontrol altına almanız önemlidir.

Mutsuz olduğunuz şeyleri gözden geçirin ve değiştirin. Kişisel tavırlarınız da çekici olmanız için önemlidir çünkü hiç kimse sorunlu, her şeyi zorlaştıran biriyle vakit geçirmekten hoşlanmaz. Olayları daha olumlu ve daha kolay görmeye çalışın. Çözüm odaklı olun ki iç dünyanızda sakinliğin tadını çıkarabilesiniz.

Çekicilikte bir diğer önemli nokta ise gülümsemektir. İlk başta garip gelebilir ama bana güvenin. Mutlu olmak ve dünyaya daha nahif bakmayı seçmek size kendinizi çok iyi hissettirecektir. Bu olumlu davranışınız dış görünüşünüze yansıyacak ve çekiciliğinizi önemli ölçüde artıracaktır. Hepimiz kalbi güzel insanlarla vakit geçirmekten keyif alırız. Başınıza gelen her şeyin arkasında güzel bir sebep bulmak için kendinizi şartlandırın. Pozitif çekiciliği olan insanlar kara kara düşünmezler, bunun yerine hemen bir şeyleri değiştirmek için çabalarlar. Bugünden itibaren bu alışkanlığı sizin de benimsemenizi istiyorum mutlaka.

Yaşadığım o kötü süreçleri yaşayan bir insan görünce çok üzülüyorum. Keşke biri ona, "Bu hikâyenin sonunda o kadar çok eksileceksin ki kendini özleyeceksin. Bu seni bütün o yaşantılardan daha çok üzecek." dese.
BANA DİYEN OLMAMIŞTI.

GÜZEL KADINLARIN KÖTÜ AŞK HAYATLARINA SAHİP OLMALARININ DÖRT NEDENİ

Sokakta yürürken güzel bir kadın gördüğümüzde aklımıza gelen ilk düşünce hayatının inanılmaz güzel olduğu ve dünyanın kesinlikle ayaklarının altında olduğudur. Zihnimizin bu şekilde düşünmesi çok normaldir. Yıllar boyunca güzelliği mutluluk, sağlık, zenginlik ve değerle ilişkilendirerek, güzel olmak pahasına canımızdan olmayı bile göze alarak geçirdik. Güzel ve çekici kadınların kendileri için yaptıkları onca makyaj, bakım ve moda düşkünlüğü tüm dikkati çektikleri için hayatın onlar için hiçbir şekilde zor olmadığına inanırız. Ancak olağanüstü fiziksel güzellikle donatılmış kadınların da büyük bir lanetle yaşamaları gerektiğini bilmek bizi şaşırtır.

Normal kadınları ve erkekleri sindirdikleri, insanlara karşı seçici oldukları için nadiren gerçek arkadaş bulurlar. Çoğu zaman onların görünüşünü gözden kaçırmaz, yüzeysel olduklarını varsaymazsınız. Bence güzel kadınların aşk hayatlarında birçok sorunları vardır ve işte bunun dört nedeni:

1. Güzel kadınlar genellikle eşlerinden daha yüksek beklentilere sahiptir. Sadece finansal desteği düşünmüyorum, örneğin; tatiller, hediyeler, aynı zamanda dikkat ve ilgi gibi beklentileri olabilir. Üstelik bir kadın görünüşüne çok zaman ayırırsa eşinden de aynısını bekleyecektir ancak eşinden beklediği bakımı görmüyorsa kendisini mutsuz ve hayal kırıklığına uğramış hisseder.

2. Güzel kadınlar, güzelliklerinin sonsuza dek sürmeyeceğini bilir ve bu yüzden bir süre sonra terk edileceklerini düşünürler. Hayatı yalnız yaşamak zorunda kalma korkusu güzel kadınları ilişkilerinde üzgün ve sıkıntılı hissettirir çünkü görünüşü nedeniyle öncelikle onunla olup olmadığından emin olmazlar. Ah, güzel kadın, senin güzelliğinden daha değerli bir şeyi sevdiğini anlamaya çalış. Sen güzellikten daha önemlisin ve partnerin bunun farkındaysa seni asla terk etmeyecektir.

3. **Şu anda eşit olmayan çiftler çok popüler.** Pek çok güzel kadın ilişkinin başında doğru insanın partneri olduğuna inanır fakat çoğunlukla bu durum böyle olmaz. Birçok kadın zaten her türlü ilişkiyi deneyimlemiştir. Bu ilk aşkı, uzun mesafeli ilişkileri ve uzun vadeli ilişkileri kapsar. Doğru adam zannettiği kişi ortaya çıktığında onunla evlenmek ister fakat çoğu zaman ilişki başarısız olduğu için sonunda kalp ağrısı ve duygusal hasar alır birçok kadın. Kalp ağrısından kaçınmanın en iyi yolu sizi seven ve sizinle evlenecek birini seçmektir. Endişelenmeyin, doğru kişi size gelen yolu bulacak ve bu durum sizin için mükemmel olacaktır. Onu tanır tanımaz gönül yaralarınızın hepsi geçecektir.

4. **Güzel kadınlar ilişkilerinde genellikle başarısızlık yaşadıkları için duygusal olarak kendilerini partnerden uzaklaştırmayı tercih ederler.** Ayrıca yeni bir partner bulduklarında bile ona açılmayabilir, ondan uzak durabilirler. Bu durum uzun süre devam ederse ilişki bitebilir. Bu nedenle insanlara güvenmekte güçlük çekiyorsanız iyi görünümlü bir eş aramak yerine iyi bir adam bulmayı deneyebilirsiniz. Bu adam sizi şaşırtacaktır çünkü size zarar vermeye korkacak biri olacaktır.

Sık sık güzel kadınları kıskanırız ama şimdi güzel bir kadının güzelliğinin sorun yarattığını görüyoruz. Hiçbir şey, hiçbir zaman göründüğü kadar tozpembe değildir. Hepimiz hayatta tökezliyoruz ve hayat hiçbirimizi aramızda daha güzel olan olduğu için bağışlamıyor.

DİKKATİNİ ÇEKEBİLMENİZ İÇİN ALTI BASİT İPUCU

İlişkiler zordur ve bazen karşı tarafın dikkatini çekmek için iyi stratejiler geliştirmek gerekebilir. Harika olmayan, uzun vadeli, yavaşça sizden uzaklaştığını ve ilgisini kaybettiğini düşündüğünüz bir ilişki içinde olabilirsiniz. Muhtemelen geri çekiliyor ve bununla nasıl başa çıkacağınızı bilmiyorsunuz.

Yeni bir ilişkiye başladığınızda partnerinize fazla yapışarak ilişkinizi mahvetmek istemezsiniz. Her şeyin sorunsuz gitmesini isteyeceksiniz doğal olarak ama henüz her şey için erken. İşe kendinizle başlayın, ne istediğinizle ilgili sorunuzun cevabını verin kendinize. Eğer o kişide kararlıysanız da ufak ufak adımlar atın. Karşı tarafın dikkatini çekebilmeniz için bazı ipuçları vermek istiyorum izninizle:

1. **Abartılı duygularınızı bastırın:** Bu birçok kadının içine düştüğü bir tuzaktır. Erkeklerin de aynı şekilde hissettiklerini düşünürler ve bu yüzden tüm duygularını erkenden gösterirler. Erkekler duygularını dışa vurmadan önce genellikle kendileriyle ilgili şeyleri çözmek için daha fazla zamana ihtiyaç duyarlar. Duygularınızla yüzleştiyseniz veya duygusal davranışlarda aşırıya kaçıyorsanız onun farklı bir yöne gitmesine neden olabilirsiniz. Yavaş olun ve onlar da size sevgi göstermeye hazır olduklarında duygularınızı göstermeye başlayın ki aynı seviyede olduğunuzdan emin olabilesiniz. Bir ilişkide sevginizi ve bağınızı çok erken gösterirseniz yanlış sinyaller gönderebilirsiniz ve bu yüzden de güvensiz, çaresiz görünebilirsiniz. Ona düşünmesi için alan ve zaman vererek, ona ve kendinize birbirinizi sevme şansını verin.

2. Aşırı tepki vermeyin: Çoğu kadın hemen sonuca varır. Hiçbir şey olmadığı hâlde sırf size hemen mesaj göndermediği ya da "İyi geceler" mesajının sonuna kalp emojisi koymadığı için çıldırabilir ve kötü şeyler hayal edebilirsiniz. Ne yaparsanız yapın öncelikle endişelenmeyin ve tepki verme sebebinizin gerçekten var olup olmadığı konusunda emin olun. Küçük sorunlar hakkında sürekli şikâyet etmeniz, onun sizi mümkün olan en kısa sürede terk etmesine neden olabilir. Hiç kimse sürekli şikâyet duymak istemez.

3. Tartışmak istediğiniz sorunları dikkatlice ve akıllıca seçin: Onunla tartışmanız gereken bir sorununuz varsa bunun gerçek bir sorun olduğundan emin olun. Sizi incitirse bunu ona açıkça söylemelisiniz. Sizi, her kelimesini fazla düşünmeyen bir kadın olarak görmesini sağlayın. Hayatınız size ait ve onun hakkında sizi rahatsız eden küçük şeyler için endişelenecek zamanınız yok. Normalde sinirden delirmenize neden olacak şeylere birdenbire tepki vermemenize şaşırabilir veya endişelenebilir. Bu da onu size karşı harekete geçirir.

4. Kendinizi görmezden gelmeyi bırakın: Siz kendinizi önemsemedikçe o da sizi önemseyecektir. Son dakikada yaptığı her çağrı ve davete atlamayın. Meşgul gibi görünmek yerine gerçekten meşgul olmalısınız. Hayatınızı istediğiniz gibi yaşayın. Ayrıca ihtiyaçlarınıza da dikkat edin. Çalışmalarınız, arkadaşlarınız, aileniz, işiniz, kariyer planlarınız, faaliyetleriniz ve ilgi alanlarınız ondan bağımsız olsun ki güçlü bir kadın olduğunuzun farkında olsun. Kendi hayatınızı yaşamaya başlarsanız o, onun önemli bir parçası olmak için çabalayacak ve planlarını sizin planlarınıza uyacak şekilde ayarlayacaktır. Uzlaşmak her zaman iyi bir şeydir ancak ona kendi hayatınız olmadığını, bütün hayatınızı ona endekslediğinizi zannettirmeyin.

5. Kendi arzularınızı görmezden gelmeyi bırakın: Tatil planları, akşam yemeği planları, ilginç olduğunu düşündüğünüz planlar yapın. Kendi başınıza etkinlikler düzenleyebildiğinizi göstereceksiniz ve o bu durumu hemen fark edip etkilenecektir.

6. Liderliğini takip edin: Mesajlarınızı görmezden geliyorsa neden görmezden geldiğini sormayın, aramayın, ısrarcı olmayın. Sizden haber almazsa mesaj üstüne mesaj göndererek sizinle daha çok ilgilenecektir. Size çok fazla yatırım yapmayan birine çok yatırım yapmak iyi bir fikir değildir. Yani partnerinize onun size verdiğinden fazlasını vermemelisiniz. Birbirinize aynı şekilde özen göstermeli ve aynı miktarda zaman ve ilgi göstermelisiniz. Sizin verdiğiniz değerin fazlasını size vermediğini düşünüyorsanız bu ilişkinin sizin için doğru olup olmadığını iki kez düşünmelisiniz. Sonuç olarak erkekler basittir; eğer kovalarsanız kaçarlar, kaçarsanız kovalarlar. Siz erkeklere sırtınızı dönerseniz, onlar kendi istekleriyle size gelirler.

SİZİ SEVMEKTEN KORKTUĞUNA HANGİ DAVRANIŞLARININ SONUCUNDA EMİN OLABİLİRSİNİZ?

Kadınlar sabırsızlıkları ve şüphecilikleriyle bilinirler çünkü zamanında çok fazla belirsizlik yaşamışlardır. Enteresandır ki kadınlar onları şüpheye düşürmeyen adamların kölesi bile olmaya razılardır fakat gel-gitleri olan dengesiz erkeklerden 2755 km uzak olmayı tercih ederler. Sevdiğiniz adam size karşı net olmadığında, şüphe sinyalleri verdiğinde hayırlı olsun nur topu gibi bir kurgulama ve şüphelenme zinciriniz olmuştur. Başınıza gelebilecek en kötü şeylerden biri budur. Bu adam hakkında çok şey biliyorsanız muhtemelen geçmişini ve geçmişinde bir kadın tarafından çok kırıldığını da biliyorsunuzdur. Âşık olduğunuz adam sizi sevmekten, bağlanıp sonrasında kaybetmekten korktuğu için dengesiz davranıyor olabilir. Âşık olduğunuz adamın sizi sevmekten korktuğuna hangi davranışlarının sonucunda emin olabilirsiniz?

1. **Temkinli ve soğuk davranıyordur:** Her kızın aynı olduğunu, eski sevgilisi gibi gideceğini düşündüğü için kalın, demirden duvarlar örüyor ve kimseyi içeriye almıyordur. Terk edilme travması onu bu hâle getirmiştir ve bu travmasını atlatması için sizin yapmanız gereken her kızın aynı olmadığını anlatmak, onu çok sevdiğinizi ve size belirli hataları yapmadığı sürece onu terk etmeyeceğinizin güvenini vermektir.

2. **Sizinleyken gergin ve sinirlidir:** Bir erkek sizden hoşlanmaya başladıysa ve bu durumun ilerlemesinden korkuyorsa elinde olmadan size karşı gergin olacaktır. Bunu yapmasının

bilinçaltındaki amacı sizden hoşlandığını size belli etmemektir. Kendisiyle savaştığı için gerginliğini çok rahat anlarsınız, bir yanı sizi sevmesini söylerken diğer yanı sizin de gideceğinizi ve sevmemesi gerektiğini söyler.

3. Vücut dili: Sözlerini kontrol edebilir fakat bedeninin size verdiği sinyalleri, gözlerinin söylediklerini kontrol edemez. Aynı zamanda, size karşı koruyucu ve kıskanç olacaktır. Bunu size açıkça söyleyemez ama ağız arayıcı sorularla, yüz ifadeleriyle, surat asıklığıyla anlatır. Başka erkeklerin sizin için doğru olmadığını varsayacak ve insanların sizi incitmesinden endişelenecektir.

4. Test eder: Sizi denemeye çalışacak, soğuk davranarak her hâline katlanabilir misiniz, onu soğuk davranınca da sever misiniz yoksa "Ben soğuk insanlarla uğraşamam." diyerek çekip gidecek misiniz diye test edecektir. Bu testi fark edip gitmeyeceğinizi hissettirirseniz kısa süre sonra size açılacaktır ve bu da "Hayırlı olsun o kalın, demirden olan duvarları kırmayı başarıp içeriye girdiniz." demektir.

ERKEĞİN DENGESİZ TAVIRLARININ SEBEBİ

Erkeklerin basit kafa yapılarının olduğunu, kısa ve net bir şekilde konuştuklarını biliriz. Ama bazen ilişkide erkeğin hâl ve hareketinin saçma geldiği durumlarda vardır. Bunun sebebi de kadının buna müsaade etmesidir. Kim buna dayanır sürekli müsaade etmezseniz? Eğitmesini bilmiyorsunuz, ayar veremiyorsunuz, sonrada bu durumdan rahatsız oluyorsunuz. Başka ne bekliyordunuz? Gelgit yapmasına ve dengesiz tavırlarına siz müsaade ediyorsunuz işte.

Akıllı bir kadın çekerdi resti, "Ben senin canının istediği zaman gelip gideceğin biri değilim. Uğraşamam seninle de senin bu çocuksu tavırlarınla da." derdi. Bakın o zaman adam mum olur, kendine gelirdi. "Ben ne yapıyorum?" derdi. Adam bu; müsaadenizle şımarıyor, tepenize çıkıyor. Ve emin olun ki verdiğiniz bu cevaplarla erkeğin gözdesi olurdunuz.

Bu durumda kadınların da en büyük kumarı, hayatına alacakları erkekleri seçmesidir. Özellikle flört döneminde tanıma evresinin düzgün ve uzun geçmesi çok önemlidir. Erkek o dönemde köpek gibi peşinizden koşmalı ki sevgi derin kök salsın. Bu sayede ilişkinin ilerleyen aylarında bu sorunlar da en aza iner.

ALDATMA SADECE FİZİKSEL BİR EYLEM DEĞİLDİR

Aldatmanın ne olduğunu hepimiz biliyoruz. En sevdiğimiz kişi tarafından bu kadar saygısız muamele görmek, onlarla yaşadığımız tüm güzel anları unutmamıza neden oluyor ve böylece ona olan güvenimizi yok ederek tekrar güvenebilme yollarını kapatıyor. Bu yüzden aldatmak; kendimize, partnerimize ve ilişkimize saygısızlık etmenin bir yoludur; bu yüzden olumlu bir yönü yoktur. Düşünürseniz, fiziksel temas içermese bile, bu şeylerin her birinin aslında aldatma olarak sayıldığını göreceksiniz. Sizler için bu konuyla ilgili hazırladığım beş maddeyi paylaşmak istiyorum:

1. **Mesajları silerek telefonunuzu temizlemek istemenizde sorun yoktur** ancak onun telefonunda aradığınız mesajı bulamıyorsanız endişelenmelisiniz. Bu dünyadaki hiç kimse, erkek arkadaşınız veya kız arkadaşınız yüzünden arkadaşlarınızdan vazgeçmenizi söyleyemez fakat bir ilişkiniz varken size karşı hisleri olan insanlardan belirli bir mesafeyle uzak durmalısınız.
2. **Bir arkadaşının ona çok yakın olduğunu fark ederseniz**, ona çok sık sarıldığını, ikisinin de çok fazla şaka yaptığını ya da sizi dışladığını görürseniz bunun bir tür aldatma olduğunu anlamalısınız.
3. **Flört uygulamaları kullanmanın amacı flört edecek birini bulmaktır.** Öyleyse, böyle bir şey aramıyorsa neden birisi Tinder hesabını saklasın? Bir ilişkiye başladıktan sonra tüm bu hesapları silmeniz gerekmez mi? Bu nedenle, partnerinizin flört uygulamalarını kullandığını birinden öğrenirseniz, onunla yüzleşmek için tüm haklara sahipsiniz!

4. **Başkalarına göz kulak olun.** Bunu sizin önünüzde yapsın ya da partnerinizin bir başkası için gözleri olduğu veya onlarla flört ettiği bilgisini almış olsanız da bu aldatma sayılır. Birinin sizi kandırmasına ve flört etmesinin zararsız olduğunu söylemesine izin vermeyin. Gerçekten sizinle olmak isteyen kişinin gözleri sadece sizi görür.

5. **Eski partnerinizle iletişim hâlinde olmayın** çünkü yeni biriyle başlamışken eski defterleri açmak, eski sevgiliyle arkadaş olmak yeni ilişkinizi zehirlemekten başka hiçbir şey yapmayacaktır. Yeni kişi kendini güvensiz hissedebilir ve bunu bir soruna dönüştürebilir. Bir sorunun olduğunu bildiği hâlde arkadaş olarak buluştuklarını söyledi mi? Şu anda yakın olup olmadıklarına bakılmaksızın, bir noktada zaten samimiyetteydiler ve kafalarındaki fanteziyi yeniden yaşamalarını engelleyebilecek hiçbir şey yok.

Nihayetinde, sizin için neyin hile sayılacağına karar vermelisiniz. Kendinizi güvende hissetmiyorsanız ve partneriniz hâlâ biriyle ya da birinden bahsediyorsa, o zaman sizin için tamamen doğru değildir. Sizin için neyin kabul edilebilir neyin kabul edilemez olduğunu belirleyecek sınırlar belirleyin ve partnerinizle bunun hakkında konuşun.

ERKEKLERİN KIZ ARKADAŞLARINDAN İSTEDİĞİ FAKAT DİLE GETİREMEDİĞİ DÖRT ŞEY

1. **Ona iltifat etmeniz çok hoşuna gider**, o anda çok tuhaf hisseder fakat bu "erkekçe" olmadığı için bunu belli etmemeye çalışır. Belli etmiyor olması bu durumdan memnun olmadığı anlamına gelmez. Ayrıca erkekler vücutları konusunda kendilerini güvensiz hissederler ve bunun sebebi siz kadınlar kadar fazla iltifat almamalarıdır. Bir erkek Facebook'ta bir resim yayımladığında veya arkadaşlarıyla dışarı çıktığında, ne kadar harika göründüğüne dair yorum yapan sadık bir kız arkadaşı yoktur. Görünüşüne gelince, ona iltifat edebilecek tek kişi sizsiniz, bu yüzden bunu düzenli olarak yapın. Ona hangi gömleğinin daha çok yakıştığını, spor salonunda iyi antrenman yaptığını, gözlerinin güzelliğini, saç stilini beğendiğinizi söylemekten çekinmeyin.
2. **Tavsiyesini almanızı ister.** Erkek arkadaşınız sizi takdir ettiğinde, sizi sevdiğinde ve sevgiyle yıkadığında harika hisseder. Erkeklerin kendilerini yararlı hissetmeye ve sunacak değerli bir şeye sahip olmaya çok ihtiyacı vardır. Bu, hayatının her alanında ve özellikle ilişkilerde geçerlidir. Hayatınıza anlamlı bir şekilde katkıda bulunduğunu hissetmek ister ve siz onun fikrini sorarak bu şekilde hissetmesine yardımcı olabilirsiniz.
3. **Kendisini iyi hissetmesi için ne istediğini ona söylemenizi ister.** Erkekler birlikte oldukları kadını mutlu etmek isterler. Bu aslında ilişkideki bir erkek için en büyük itici güç-

lerden biridir. Aslında, bir erkek bir kadını mutlu edemeyeceğini düşünüyorsa, büyük olasılıkla onunla bir ilişkiye devam etmek istemeyecektir ve bir adam doğru yapıldığı sürece onu nasıl mutlu edeceğinin söylenmesini takdir eder.

4. Desteğinizi ister. Bir ilişkideki erkek için en büyük hislerden biri, bir kadını destek olarak görmesidir. Ne olursa olsun ona inanacak ve ne kadar harika bir adam olabileceğini anlayabilecek bir kadına ihtiyacı vardır. Öte yandan, onu hayal kırıklığına uğratırsanız, bu onu çok incitir ve kendisini değersiz bir zavallı gibi hissettirir.

Listelenen tüm bu şeyler, bütün erkeklerin istediği önemli şeylerdir ancak bunu size söylemezler. Muhtemelen bunlar bir erkek için en büyük motivasyon kaynağıdır ve çoğu erkeğin arzuladığı bir şeydir. İlişkinizi mutlu ve tatmin edici kılmak için, yaptığı büyük ve küçük her şey için minnettarlığınızı ifade etmeniz önemlidir.

Dediğim gibi, erkekler desteğinizi istiyor ve kazananlar gibi hissetmeye ihtiyaç duyuyorlar. İçten takdirinizi ifade ettiğinizde bir taşla iki kuş vuracak ve ona verebileceğiniz en büyük hediyeyi vereceksiniz ancak yapabileceğiniz en kötü şey, ondan bazı şeyler beklemektir. Takdir, sadece sizin için ne yaptığı ile ilgili değildir, aynı zamanda kim olduğuyla da ilgilidir. İyi niteliklerini, değerlerini, hırslarını ve yaşam tercihlerini takdir edin. Onun hakkında sevdiğiniz şeyleri keşfedin ve ona değer verdiğinizi gösterin. Bildiğini varsaymayın çünkü bilmiyor. Bu muhtemelen bir ilişkide öğrenebileceğiniz en güçlü özelliktir.

SADECE SİZİNLE YATABİLMEK İÇİN UYGULADIĞI YÖNTEMLER

Erkekler bazen külotunuza girmek için her şeyi yaparlar. Yani ciddi bir ilişki istediğini veya sadece sizinle yatmak istediğini söylemek size kalmış. Bir erkeğin aşkını taklit edip etmediğini anlamak çok zor olabilir çünkü o sevgilinizden yapmasını isteyeceğiniz her şeyi yapıyor. Hoşsohbeti vardır, ortak şeyler paylaşıyorsunuzdur ve sürekli sizi şaşırtıyordur. Bu şekilde davranmasının amacı güven inşa edebilmektir. Ne yazık ki onun aşkı doğru değil çünkü erkekler, sırf külotunuza girmek için size olan aşklarını taklit etmekte ustadırlar. Tüm erkeklerin eşit yaratılmadığını unutmayın ancak sadece biraz eylem istedikleri için sizi manipüle eden, kandıran ve size yalan söyleyenlere dikkat etmeniz gerekir. İşte bu konuyu daha iyi anlatabilmem için beş ipucu:

1. **Sizinle vakit geçirmez:** Bu, hepsinin ilk ve en bariz işaretidir. Sizinle daha fazla zaman geçirmek için asla çaba göstermez. İkiniz bir randevudayken ve yapmak istediğiniz tek şey onunla konuşmak, iyi bir sohbet etmek ve onun hakkında daha fazla şey öğrenmekken söylediklerinize pek dikkat etmiyor gibi görünür. Yatak odasına girmek için her zaman aceleyle ve sabırsızlıkla bekliyordur.

2. **Sizi asla gerçek randevulara davet etmez:** Her zaman tarihleri planlamanız gerekir ve daha sonra yatağa gireceğiniz garanti edilmezse çoğu zaman gelmeyi reddedecektir. Gol atacağından emin değilse sizi beslemeyecektir. Sizinle ciddi bir

ilişki yaşamak isteyen bir adam sizi gerçek buluşmalara davet eder. Sizi akşam yemeğine ve öğle yemeğine çıkarır ve sizi saat dokuzda içki içmeye çağırmaz.

3. Arkadaşlarıyla tanıştırmaz: Sizi gerçekten isteyen, sizinle ciddi düşünen bir insan sizi herkesle tanıştırmaktan gurur duyacaktır. Adamınız sizi her seferinde yalnızca bir arkadaşıyla tanıştırırsa veya sizi hiç tanıtmazsa, bu daha az umursanacağınızın açık bir işaretidir.

4. Onun sosyal medya hayatına entegre değilsiniz: Günümüz dünyasında, insanların sosyal medyada gördükleri, gerçek dünyadakinin oldukça iyi bir temsilidir. İnsanlar yedikleri veya içtikleri her şeyi, nerede ve kimlerle paylaşırlar? Asla bunun bir parçası değilseniz, bu, başkalarının sizi gerçekten bilmesini istemediğini söylemenin yumuşak bir yoludur. Yalanlarının ve özürlerinin sizi neden Facebook'ta arkadaş olmadığınızı bile kör etmesine izin vermeyin, gerçekten sizinle ilgilenmediği gerçeğini kabul edin.

5. Sizi sadece alkol servisi yapılan yerlere götürür: Alkollüyken daha savunmasız olduğunuzu biliyor ve eğer savunmasız olursanız yatağa gitmenizin daha kolay olacağını da biliyor. İkiniz bir araya geldiğinizde alkolün işe karıştığını görürseniz, bunun kırmızı bir paçavra olduğunu fark edersiniz ve ne olduğu için anlarsınız, seks dışında sizi umursamadığının bir işaretidir.

Partnerinizle yakınlaşmanın yanlış bir tarafı yok. Aslında bu çok doğal bir durumdur fakat erkek arkadaşınızın tek düşüncesi seks ise sizi sevmediğini, sadece kullanıp atmak istediğini fark etmeniz gerekiyor.

SORUN VEYA TARTIŞMADA ERKEĞİN UMURSAMADIĞI ÜÇ DURUM

1. **Bu senin hatan, benim değil!** Düşünsenize, sevdiğiniz adamla sorun çıkıyor. Ve günlerce süren bir tartışmaya sebep oluyor. Siz ilişkiniz zarar görmesin diye alttan alıp susuyorsunuz, kendinizi ezip cesaretinizi kırıyorsunuz. Onun gözünde siz dibe batarken o çoktan yağ gibi üste çıktı bile. Sonra ne olacak biliyor musunuz? Durumu tersine çevirmeye ve her şeyi senin hatanmış gibi göstermeye çalışacak. Hikâyeyi kendisine uygun şekilde çarpıtacak. Kurbanı oynamaya o kadar alışkındır ve o kadar güzel oynuyordur ki sen hatalı olduğunu düşünürsün. E, ne oldu şimdi? Sen kırıldın, sen üzüldün, sen bu adam için gözyaşı döktün. Gerçekten değdi mi? Eğer "Değdi bu sevgi, bu emek." diyecek bir kadın varsa kitabı burada kapatabilir. O kadının onurundan ve karakterinden şüphe ederim. Eloğlu hiç de sizin gururunuzdan, onurunuzdan ve karakterinizden ödün verecek kadar değerli değildir.
2. **Sorunumuz bu değil sadece sen öyle düşünüyorsun.** Sorunlarını, endişelerini küçük görerek seni manipüle eder. Mesela bir konuya haklı olarak üzülürseniz "Pireyi deve yapıyorsun." diyerek takıntılı olduğunu, her şeyi abarttığını düşünmeni sağlayacaktır. Ya sence yaşanan tartışmada olayları kendi gözünde küçültüp değersiz görmesi seni nasıl etkiliyor? Azıcık oturup cidden düşündün mü? Paşası seni umursamıyor. Bunu kafana sok ve kabul et. Sence sen boş ve gereksiz şeyleri mi sorun ediyorsun? Üzüldüğünüzde kendinize sorun bu soruları, cevap sizsiniz burada. Sonra asıl cevabı beyefendiye verirsiniz.

3. **Kendimi sana açıklamak zorunda değilim.** Kadının görünürde bir neden olmaksızın aşırı kıskandığı ve beyefendiye daha çok dedektif gibi davrandığı durumlarda, bu ifade saldırgan değildir. Önem verdiğin birine ne yaptığını neden açıklamıyorsun? İlişkinize birkaç cümlelik açıklamaya değecek kadar değer veriyor olsa bu şekilde davranmaz. Cidden tartışma esnasında kadın tarafı bir şeyleri sorarak cevabını almak ister. Kadın beyni bu yüzden hızlı çalışıyor işte. Soru-cevap mekanizması gelişkindir. Olayları kısa sürede çözüme ulaştırmak ister. Beyefendi ise sorulardan bunalır, sıkılır ve kaçar. Git o zaman kendi kendine sorunlarını çöz. Ne diye bu narin, güzel kadınları hayatınıza alıp onlarında hayatını mahvediyorsunuz! Eğer ciddi bir ilişki varsa ortada iletişim sağlığı açısından iletişim sürekli olmalı, kesintiye uğramamalıdır.

İnsanların sizi cepte görmelerine müsaade etmeyin. "Ben birkaç gün gezip dolaşayım o nasılsa cepte, döndüğümde bekliyor olur." kafasına giremesinler.

AYRILMALARINA RAĞMEN ARKADAŞ KALMAYA ÇALIŞAN ERKEK TİPİ

Erkekler bazen aklınızın almadığı şeyler yaparlar. Mesela yazmayacaklarını söylerler ama yazarlar, peki neden? Çoğu kadın hâlâ sevdikleri adamdan aldıkları mesajları analiz etmeleri ile bilinirler. Böylelikle bilinçaltında olmamalarına rağmen erkeği daha da değerli kılarlar. Oysa bu kadar anlam yüklemek abartılı çünkü erkekler genelde direkt ne demek istediklerini yazarlar. Sana ara sıra yazmasının altında yatan gerçekler şunlar olabilir:

Onun seçeneklerinden birisindir, bunu en iyi seni sıcak tutmak için veya tamamen kendini unutturmamak için arada bir sana yazarak gerçekleştirir. Unutmamalısın, sen sadece seçeneklerden birisin, asla tek istediği sen değilsin. Ya da egosunu tatmin etmek için yaparlar bunu. Çünkü erkekler öz güvenleri sarsıldığı anda güzel şeyleri duymaya ihtiyaç duyarlar. Genelde tam da bunu ilk başlarda bildiklerinde numaranı silmezler. Kıyıda köşede tutarlar. Kendilerini iyi hissedecek güzel cümleye ihtiyaç duyduklarında ona veresin diye.

Ona iyi geleceğini bildiğinden hatta bazen senle eski sevgilisi, yeni sevgilisi veya hoşlandığı kız hakkında bile konuşmak isteyecektir. Seni böyle yaparak kıracağı, üzeceği umurunda bile değil, onun için önemli olan senin ona iyi gelmen. Onun sana değil. Senin tamamen gitmeyeceğin kadar önemsemekle kısıtlıyor ama ona güvenebilmen içinde yeterince uğraşmıyor. Çünkü onun senin akıbetinle alakalı ileriye dönük bir gelecek planı yok. O seni sadece anlıyorsun ya, ona iyi geliyorsun diye yedekte tutuyor.

BEN HEP SEVİLMEK İSTEDİĞİM GİBİ SEVDİM

Ben seni hep iyi hatırlamak istemiştim ama sen, senden şüphe duymam için elinden gelen her şeyi yaptın. Bak ben geri çekildim, sırf sen rahat nefes alabilesin diye, istediğin gibi davranasın diye, kendini herhangi bir şeye şartlandırmayasın diye...

Birbirimize o kadar yabancı olduk ki ben bilmiyorum mesela iyi misin? Bir derdin mi var, sıkıntın mı var, başına bir iş mi geldi? Belki tam tersi, mutlu musun? Hayatında biri mi var, birini mi seviyorsun, biriyle mi görüşüyorsun? Tüm bunları ben bilmiyorum, sen böyle olması için elinden geleni yaptığın için bu böyle. Tüm yaşanmışlıkları hiçe saydığın için. Beni herkesleştirdiğin için, hiçbir şeyin kıymetini bilmediğin için...

Bilmiyorum sadece emin değilim, belirsizlik insanı çürütüyor. Benim umurumda olan kısım senin şu an ne yaptığın değil. Özgürsün, tabii ki istediğin gibi davranabilirsin, istediğin sayfalarda birileri ile tanışabilirsin. Bu beni ilgilendirmez hatta bunu bilmek dahi istemiyorum. Beni asıl ve belki de tek üzen şey beni nasıl hiçe saydığın oldu. Ben sanmıştım ki seni bu dünyada en çok ben sevmiştim ve beni kolay kolay unutamazsın. Yani yeterince hissettirdiğimi düşünmüştüm ama artık pek emin değilim...

Hem kırgın olup hem bir şeyler yapmayı istemek çok kötü. Düzeltmesi gereken sen değilsin ama böyle olmasına da dayanamıyorsun.

Hayat insanı her şekilde sınar. Bazen vazgeçmen gerekir, bazen düşmen. Umutla girdiğin yollardan bir sokağa çıkmaman gerekir. Acıya karşı hissizliği öğrenmek için. Olmadığında zorlamamak için. Bazen büyümek gerekir. Yokuşlardan düşmek, tekrar ayağa kalkabilmek için. Çiçek soldu, vazonun bir önemi kalmadı. İstesem düzeltirim, elimden gelir ama sadece benim gayretimle düzelmiş tek bir şey daha görmeye tahammülüm kalmadı, o yüzden sessizim. Aramız bozulmasın diye uğraştığım herkes bencilleşti. Zor anında yanına koştuklarım nankörleşti. Yüzüne gerçekleri vurmayıp susmayı tercih ettiğim herkes kendini haklı zannetti. İnsanlar böyledir, mesafe iyidir. Ertelenen bir arama, geç kalınan af dileyişler, geç gelen farkındalıklar, o anın güzelliğini kaçırmalar, içinden geleni söyleyemeyişler insanın omzunda bir yük olarak duruyor. O yüzden içinizden geleni yapın, taktiksiz, tertemiz ve içten. Kazanıp kaybetmenin bir önemi yok, ölüm var. Kadınlar cesur adamları sever, akışına bırakıp kenarda bekleyenleri değil. Gidişatı değiştiren, yön veren, bahaneler altında ezilmek yerine çözüm üreten adamları... Bir yerde okumuştum; "İstediğin kadar taşı sula, çiçek açmaz." diyordu. Bu cümle bir şeylerden vazgeçme eşiğiniz olsun.

HER İNSAN GİBİ KADINLARIN DA SABRI TAŞABİLİR

Bir kadının kaçınması gereken önemli şeylerden biri, çok merhametli ve anaç ruhlu olduğu için affetme eğilimine gereğinden fazla sahip olmasıdır. Bu yüzden maalesef insanların onları çiğnemelerine uzun süre göz yumar. Bir kadın ancak bir yere kadar sabredebilir. Her türlü zayıflığı, hatayı defalarca affedebilir bir kadın, saf olduğu için değil sevdiği için. İşler belirli bir noktaya ulaştığında ise geri dönüş yoktur.

Hepimizin sınırları vardır ve bir kadını hafife alırsanız, kendini kötü hissetme sebebi olursanız tahammül eder, eder ve birden gider. Aynı hatayı elli kez yapmanıza rağmen gitmiyorsa aynı hatayı yapma sayınızı altmışa çıkarmak yerine o kadına değer vermeniz, sevginizi belli etmeniz, saygı duymanız gerekir çünkü aksi takdirde bu hikâyede yanan "SİZ" olursunuz. Kendini beğenmiş pisliklerden olmak, "Aman nasıl olsa seviyor, affeder." diye düşünmek yerine terk edecek/edilecek derecede büyük bir hata yapmamaya çalışın.

Bir kadının cevap vermediği, numaranızı engellediği gün geldiğinde dönmesi için ağzınızla kuş da tutsanız dönmez. Bu dediklerim karşısında, o kadının fikrini değiştirmenin kolay olacağını düşünerek "Daha önce affetti, yine affeder." demeyin. Çünkü bir kadın için ait olmak, biriyle hayatını birleştirme hayalleri kurmak çok zordur ve bu yüzden terk etmek istemez. Çünkü emeklerine kıyamaz fakat unuttuğunuz bir şey var ki kadınlar sizden daha güçlüdür. Onu geride tutmanıza ya da sürmek istemediği bir hayat sürmeye zorlamanıza izin vermeyecektir. Sizden aldığı tüm toksinleri bırakacak ve gözlerini geleceğe dikecektir. Size yer olmayan bir gelecek...

Kalmak için bir sebep arayacak ama olmayacak ve kafasındaki valizleri toplayıp sessizce gidecek. Sizden ve yaptığınız tüm yanlışlardan kurtularak sapasağlam bir mantaliteyle kendisine harika bir hayat kuracak. Kendi mutluluğunu bulacak ve tekrar olmak istediği kişi olmaya başlayacaktır. Kendini asla yapabileceğini düşünmediği şekillerde "yapamam" dediklerini yaparken bulacaktır. Kimseyi, özellikle bir kadını, asla hafife almayın. Bu dünyada her şey yeterince zor... Sadece eylemlerinizin sonuçları olduğunu ve size yetişip yetişmediklerini düşünmenizin önemli olmadığını bilmelisiniz çünkü ektiğiniz her şeyi illaki bir gün biçeceksiniz.

Gitmen için bu kadar çaba sarf eden bir insan için,
kalman yüzsüzlüktü belki de!

Birinin peşinden koşmazsanız, kendiniz olursanız, kendinize ait bir hayatınız olursa o insan için çok çekici olursunuz. Onsuz da yaşayabileceğinizi göstermeniz, güçlü olduğunuzun kanıtı olduğu için ilgisini çekecektir. Ayrıca herkes kendisi için en iyi insanı arar. Birinin peşinden koşmak, onu sürekli kafaya takmak size çok zarar verir. Onu ne kadar çok merak eder, kafaya takarsanız sizi onaylaması ve hayatına yeniden alması o kadar zorlaşacaktır. Fakat bir sorun var ki bu bilgi sizin için zehirdir çünkü geri dönmeme ihtimali de vardır. Bu yüzden şimdi size önemli bir görev vermek istiyorum. Hayatın size verdiği her şeye açık olun ve mantalitenizi ayrılık bitmezse düşüncesine hazırlayın.

SADECE SENİN OLMAK İSTEYEN BİR KADINI NASIL KAYBETTİN?

Seninle birlikte olmak için her şeyi yapabilecek bir kadını nasıl uzaklaştırırsın? Tek ihtiyacı olan kalmak için bir sebepti. Sadece mutlu bir geleceğin onu beklediğine ve hayatında ona yer açacağına dair küçük bir umuda, bir kanıta ihtiyacı vardı fakat bu durum açıkça sorulacak kadar fazlaydı. Tek istediği sendin. Hataların veya geçmişin, başkalarının ne söylediği umurunda değildi. Senin iyi olmanı istedi ve bu yüzden senin hakkında keşfedilmesi gereken güzel şeyler olduğuna inanıyordu.

Bu dünyadaki hiçbir şey senden daha kıymetli değildi. Seni sevmek, senin yanında olmak istedi. Sabah uyandığında senden gelen bir mesaj istedi ve aklındayken uykuya dalmak istedi. Seninle bir geleceğe sahip olmak istedi, bu yüzden elini herkesin önünde tuttu ve gururla "Sevdiğim adam ve beni seven adam işte budur." dedi. Fazla bir şey istemedi, sadece seni sevmeyi ve senin onu sevmeni istedi.

Basit bir şekilde doğru davranmanı bekledi. Hak etse bile yıldızlarını gökyüzünden almak zorunda değildin. Pahalı hediyeler ya da herhangi bir şeyi almana gerek yoktu. Senin için değerli olduğunu ve onunla ortak düşüncelere sahip olduğunu göstermen gerekiyordu. Onu hayatında tutmak için biraz çaba sarf etmen gerekirdi fakat o çok istiyordu değil mi? "En basit şeyler" bile, en ufak sözleşme, hak ettiği şey bile senin için çok mu fazlaydı? Senin için ne kadar çabalasa da sen onun için hiçbir şey yapmak istemedin. Sonuç bu şekilde olmamalıydı. Ona karşı ne karar verdin?

Daima seçeneklerini açık tuttun ve o kalbini temiz tutmayı başarmış kadını da seçeneklerden biri hâline getirdin. Seçeneklerini kaybetme korkusu ve aynı zamanda kendini bir kişiye adama korkusuyla. Onun hayatında sadece ara sıra var oluyordun ve sen onun yanında pek görünmeyerek onu incitiyordun. Diğer tüm olasılıklardan vazgeçmek ağır geldi, seçeneklerini açık tutmak istedin çünkü onun sunabileceğinden çok daha fazlasını hak ettiğini düşündün ve bencil, açgözlü bir şekilde davrandın ama o size olan aşkında çok özverili biriydi. Onu öncelik hâline getirmedin, çabalarını takdir etmedin. Oysaki yaptığı her şeyi ikiniz için yapmıştı.

Sen sadece sevdiğin birini kaybettin ama o, kendisi için her şeyi yapabilecek, bütün dünya kendisine sırtını dönse dahi yine de elini tutup her durumda yanında olacak tek kadını kaybetti. Üzülmesi gereken kişi sen değilsin bence.

KADININ ASLA HİSSETMEYECEĞİ DUYGULARA HEP ERKEKLER SEBEP OLUR

Yeri geldi bende seni kırdım, üzdüm; ön yargılı davrandığımda olmuştur ama sana kendini hiçbir zaman için değersiz hissettirmedim, seni hep özel kıldım ve sen gayet iyi biliyorsun ki iki elim kanda olsa, sana hep zaman ayırırım. Sen benim için bu dünyada çok özeldin. Ama sen beni hep eksilttin, yıktın biliyor musun? Eminim bundan zaman zaman zevk aldığın anlar da oldu. Yalnız şunu bilmelisin ki ben böyle olsun istedim diye, hep önceliğim oldun, hak ettiğinden değil. Beni hep şüpheye düşürdün, gözüme soka soka değersiz hissettirdin, bunu sen de gayet iyi biliyorsun. Ben seni çoktan silip atabilirdim, yapmadım; kalben sevdim, bir gün anlarsın sandım, o kadar merhamet ve vicdan her insanda vardır diye düşündüm lakin sen beni umursamadın; bunla da kalmadın, güzel olan hiçbir şeyin kıymetini bilmedin. Söyler misin neydi benim tam olarak suçum? Seni hiç kimsenin sevemeyeceği kadar sevmek mi? Yeri geldi yalvardım; aciz oldum. Yeri geldi ilgiye boğdum, gurursuz oldum. Yeri geldi bekledim, Allah'a sığındım fakat sen hiç yoktun biliyor musun?

Hak etmeyen birine emek vermek öyle üzücü ki...
Özellikle hak etmediğini yolun sonunda fark ettiğinde.

BENİ HAYAL KIRIKLIĞINA UĞRATAN ESKİ SEVGİLİME TEŞEKKÜR MEKTUBU

Seni ne kadar özlediğimi, sana ne kadar ihtiyaç duyduğumu bildiğin hâlde, beni umursamayıp hatta beni hiçe saydığın için teşekkür ederim. Beni sen kırdın, sen dağıttın. "Senden sonra başkasına şans vermeye kalkışırsam bunun affı yok." demiştim sana. Sen iki gün sonra, seni gram hak etmeyenlerin peşinden koşmaya başladığında her şey iyi güzeldi de ben seneler sonra, senin kırdığın kalbi onarabilme şansı vermem için uğraşan birine, "Hak etti" demişim çok mu? Kusura bakma ama hayat geç kalanları affetmiyor. Yarınlar geç kalmakla meşhurdur. Belki iki ay önce gelseydin, "Artık her şey için çok geç." demek için, çok geç olmazdı. Ama artık çok geç. Rabb'ime binlerce kez teşekkür ederim ki pişman oluşunu gösterdi bana.

Hayat geç kalanları affetmiyor. Ve sen geç kaldın. Bu arada dipnot: İnsan hayatına en az bir alçak almadığı sürece, olgun sayılmıyormuş. Hayatıma girdiğin için teşekkür ederim.

Yaptığın tüm hayvanlıkları bilmeme rağmen, arkamdan çevirdiğin dolaplardan gayet iyi haberdar olmama rağmen yine de ısrarla senin iyi biri olduğuna inanmak istemiştim. "Bundan bir bok olmaz, asla değişmez." diyenlere inat. O ilk başlardaki "Zamanla değişir." düşüncesi öyle yanlışmış ki. Şimdilerde senden bana kalan tek şey, o insanlara BÜYÜK bir utanç borcumun oluşu. Gerçek yüzünü gösterdiğin için *thank you very much.*

Şimdilerde bazen profiline girip bakınmakla yetiniyorum; nerede, ne kadar ucuz insan varsa hepsi senin profilinde buluşmuş sanki. Profilin âdeta ucuzluğun buluşma noktası olmuş. Birinden ayrıldığında, senden sonra peşinden koştuğu kişiler, onun asıl karakterinin ispatıymış. Neymiş? Sen sadece kalitesiz ve ucuz değilmişsin. Sen "PROMOSYON"un ta kendisiymişsin.

Kelimeleri azaltıyorum her geçen gün. Bakmak, görmek, dinlemek daha anlamlı geliyor bazen. Bazılarının kaçıp kurtulamadıkları şey "İyi bir hafızadır." Ben kurtuldum. Ertelenen zamanın aslında çoktan geçip gittiğini, bazen aynadaki görüntü hatırlatıyor. Çünkü bazılarının en büyük korkusu ötekinin sözünde kendini görememektir. İnsan kendiyle ilgili diğerlerine olduğu kadar rahat yorum yapamıyor. Bazen insan, onu hayal kırıklığına uğratan şeye bir daha umut bağlar. Ama bu sefer hayal kırıklığına uğradığında canı yanmasın diye sitem ede ede umut bağlar. Sonunda insan, arzusuna doğru gittiği yoldan geri dönerken, yerdeki ayak izlerine dikkatli bakarsa, izlerin ona ait olmadığını görür.

Nefsin şeytaniliğinden olsa gerek... Hakikatin derinliğine giderken ayak izi de kalmaz sonra; tüy gibi hafifliyor hayat.

"Eskiyi hâlâ sevmek ne kötü... Mesela bir şeyi seviyorsun ama o artık yok ya da değişmiş, bitmiş, başka olmuş, bir şeyi hâlâ seviyorsun ama neyi? Sevginin veya aşkın canı acıtan şeyi de burada. Sen emek verirsin, zamanını verirsin, onu her şeyi ile kabul edip kendini yıpratırsın. Aynaya baktığında ise kendini tanıyamazsın belki de. O kadar yorgun, yıpranmışsındır ki... İşte kötü bir ilişkiden sonra acın geçmez ama kendinin farkına varırsın."

Özürlerini ve mazeretlerini kabul etmek için kendimi bıraktım çünkü kalbim çok büyüktü ve onu geri çeviremeyecek kadar çok seviyordum. Olabileceğimizi düşündüğüm şeyle ilgili yanıltıcı bir fantezi kurdum, onun yalanlarına inanacak kadar saftım. Onu sevdiğimi ve ona değer verdiğimi, gitmeyeceğime dair sürekli onaya ihtiyacı olduğunu ona gösterme ihtiyacı hissetmeye başladım. Bu yüzden kaldım ve benim için değişeceğini düşündüm. Belki, aşkım onu tekrar düzeltebilirdi ve eğer onun hatalarını biraz daha sevseydim, bunu başarırdık. Ancak tüm "hatalar" narsist davranışlara neden olduğunda bu imkânsızdır. Tek başına onun varlığının, içimdeki en kötüyü ortaya çıkardığını fark etmem çok uzun sürdü.

ESKİ SEVGİLİNİZİN GERİ DÖNMESİNİ SAĞLAYABİLECEK ON BEŞ BAŞARI YOLU

Bir ilişkiyi bitirdiğinizde bir gece bile eski sevgilinizi düşünmeden duramazsınız. Onunla uzun süreli bir ilişkiniz olduğu için daha zor bir süreç geçirirsiniz ve şimdi gördüğünüz her şey size onu hatırlatıyordur: gittiğiniz yerler, kafede içilen kahve, parkta yenen dondurma... Yatağa gittiğinizde düşündüğünüz son şey ve uyandığınızda düşündüğünüz ilk şey budur. Nerede hata yaptığınızı düşünmekten düzgün çalışamıyorsunuzdur veya işinize odaklanamıyorsunuzdur. Ne kadar çabalarsanız çabalayın, yemek yiyemezsiniz ve rahatlamanıza izin vermeyen baş ağrıları çekmek zorunda kalırsınız. İlişkinizi bitirmeye tek başına karar verebilecek, sizi umursamayan bir adama kendinizi teslim ettiğiniz için üzüntü duyarsınız. Sonunda kendi değerinizden, sağduyunuzdan ve iyi bulduğunuz her şeyden şüphe duyarsınız. "Bütün hayatım, ömrüm, yaşama sebebim..." dediğiniz bir adama takıntılı hâle geldiniz ve o, yoluna sizi terk ederek devam etme kararı aldı. İçinizde çok fazla duygu var ve bunca karmaşık duyguyla ne yapacağınızı bilmiyorsunuz. Her gün onu düşünmekten vazgeçmeye çalışırsınız fakat çabaladıkça yapamazsınız. Onu hâlâ sevdiğinizi bildiğinizde, onu geri getirmek için çözümler bulmaya çalışırsınız. Öyleyse, onu rahat bırakırsanız, size geri dönüp dönmeyeceğini kendinize sorun. Bu problemde size yardımcı olmak için, onu yalnız bıraktıktan sonra size geri dönmesini sağlamak için kullanabileceğiniz kanıtlanmış bazı yöntemler var. Öyleyse başlayalım!

1. **Sakın ulaşmaya çalışmayın:** Ben buna ayrıca yirmi bir gün kuralı diyorum. Eski sevgilinizle değil sizinle ilgilidir, bu yüzden onu takıntı hâline getirmeyi bırakması gereken kişi de sizsiniz. Odaklanacak çok şey var ve böylece onun hakkında düşünmeyi bırakıyorsunuz. Onu özleyeceğinizi ve birçok insanın onu hatırlayacağını biliyorum ancak bu duyguyu yenecek kadar güçlüsünüz. Yapılan bir araştırmaya göre bir alışkanlıktan yirmi bir gün uzak kalırsanız bundan kopmanız daha kolay olur ve daha az acı çekersiniz. Gelecekte olacak daha büyük şeyler için şimdiki fedakârlığınızın yapıldığının ve bunu başaran güçlü kişinin kendiniz olduğunun farkında olun. Onunla ilk yirmi bir gün içinde iletişime geçmeye çalışmazsanız gerisi çorap söküğü gibi gelecektir, güvenin bana. Onsuz geçen bu zamanı aştıktan sonra aslında ona ihtiyaç duymak yerine ciğerlerinize temiz ve derin bir nefes çekmeyi ne kadar çok özlediğinizi fark edeceksiniz.

2. **Arkadaş kalamazsınız:** Bir ikili ilişkiyi bitirdiğinizde "Arkadaş kalalım."demek söyleyeceğiniz son şey bile olmamalı. Şunu adım gibi biliyorum ki ilişki bittikten sonra arkadaş kalanlar ilişki esnasında birbirini yeterince sevmemiştir. Yaşadığınız onca şeyden sonra iyi arkadaş olmayı bekleyemezsiniz. Hatta eski âşıklar, hâlâ hissettikleri tüm duygular nedeniyle asla iyi arkadaş olamazlar ve bu kuralın bir istisnası değilsiniz. En iyi çözüm onu yalnız bırakmak ve seni özlemesini sağlamaktır. Hayatınızdan onsuz zevk aldığınızı gördüğünde, biraz kıskanabilir ve sizi hâlâ sevdiğini anlayabilir.

3. **Sosyal medyaya dikkat edin:** Bazı kızların eski sevgililerini sosyal medyada gölgede bırakacağını biliyorum ancak bu birisini atlatmanın iyi bir yolu değil. Ne paylaştıklarını, kiminle çıktıklarını görebilir ve bu konuda kendinizi çok kötü hissedebilirsiniz. Sırf sizi sinir etmek, incitmek için bir

kız arkadaşı olabilir; bu durumun sizi üzüp ağlatmasına izin vermemelisiniz. Bu yüzden Instagram'dan ve WhatsApp'tan silin, size ulaşmasın. Siz onu görmeyin ve onun sizi merak edip stalklayacak ortam yaratın.

4. Yeni biriyle tanışın: Yeni biriyle tanıştığınız zaman eski sevgilinizi daha az düşünmeye başlarsınız. Öte yandan eski sevgiliniz ise onsuz eğlendiğinizi görecek ve sizi özleyecektir. Bu şekilde eski sevgilinizin sizi düşünmesini sağlarsınız hatta hayatınızla ilgili soru sormak için sizinle iletişime geçebilir. Bu, tüm ilişkilerde normaldir çünkü hiçbir erkek eski sevgilisinin ayrıldıktan birkaç gün sonra yeni biriyle eğlendiği gerçeğini hazmedemez. Ama burada dikkat edilmesi gereken şey şudur: "Yara bandı ilişki" demiyorum "sosyalleşmek" diyorum. Yara bandı ilişki hem size hem de karşınızdakine büyük saygısızlık olur ve asla önermem.

5. Kendinizle barışık olun: Kendinizin en iyi versiyonu olmak için elinizden gelen her şeyi yapın. Kıyafet tarzınızı, tavırlarınızı değiştirin; her gün kendinize harika bir kadın olduğunuzu ve sizi terk ettiği için pişman olacağını gösterin. "E nereden görecek?" demeyin, illaki bir yerlerden stalk yapacaktır. Uzun süreli bir ilişki içindeyken eski sevgilinizle bazı ortak arkadaşlar edinmeniz normaldir. Ortak arkadaşlarınızın sizi başkasıyla görmelerini sağlayın çünkü bu durum gidip eski sevgilinize haber vermelerine sebep olacaktır. Sizi giyinip yeni biriyle eğlenirken görmesine izin verin. Sizi hâlâ seviyorsa muhtemelen kıskanacak ve barışmak isteyecektir. İyi ve güçlü olduğunuzu gördüğünde sizi geri isteyecektir. Ne kaybettiğini görecek ve sizi geri almak için her şeyi yapacaktır.

6. İlişkiyi sizin bitirdiğinizi farz edin: Bu durumda oynamanız gereken önemli rol umursamayan kadın rolüdür. Bununla birlikte, olmasanız bile her zaman mutlu olduğunuzu iddia etmelisiniz. Yeni insanlarla birlikte eğlendiğiniz fotoğraflar paylaşın, ona kendi başınıza iyi olduğunuzu ve gitmenize izin vererek ne denli büyük bir hata yaptığını fark ettirin.

7. **Geri gelmesi için yalvarmayın:** Onu ne kadar çok seviyor ne kadar çok özlüyor olursanız olun yine de hiçbir konuda eski sevgilinize asla yalvarmayın. Sizi geri kazanmak için çabalamayan, kendi doğrularından biraz olsun çıkmayan biri için kendinizi küçük düşürmeyin. Yanlış olan şey onu özlüyor olmanız değil, onun dönmesi için yalvararak kendinizi yıpratmanız. Kendi gururunuzun olduğunu ve çizgiyi asla aşmaması gerektiğini unutmayın. Sizi gerçekten sevip özleseydi, bazı şeyleri tartışmak için sizinle iletişime geçmeye çalışırdı. Daha sonra pişman olacağınız hiçbir şey yapmayın.

8. **Meşgul kalın:** Meşgul olduğunuzda, onun hakkında çok fazla düşünmeme şansınız yüksektir. Bu şekilde her ikinizin de ilişkiniz hakkında düşünmek için yeterli zamanınız olacak ve diğer yandan, siz hayatınızdan zevk alarak kendiniz için iyi bir şey yaptığınızı hissedeceksiniz. Tamamen rahatlamadığınızı ve bazen aklınıza geldiğini biliyorum ancak kendinizi meşgul ettiğinizde bu anlar nadir olacaktır.

9. **Mesaj atarsa hemen cevap vermeyin:** Sizi terk ettiğinde ağladınız, üzüldünüz, onu düşünmemek sizin için zorlaştı, gerçekten acı çektiniz değil mi? Tüm sorularıma "Evet" cevabını verdiyseniz kendi ilacınızın tadına bakmanızın zamanı gelmiş demektir. Ona, hayatınızdaki önemli olan tek kişinin o olmadığını ve kendi başınıza güzel işler başarabileceğinizi göstermelisiniz. Yani size mesaj atarsa veya sizi ararsa sanki ondan bir hareket bekliyormuş gibi anında cevap vermeyin. Bunun yerine, biraz zaman geçmesine izin verin ve sonra onu arayın ya da mesajına biraz zaman geçtikten sonra cevap verin. Ona başka bir şeyle meşgul olduğunuzu söyleyin ve neden ara-

dığını soğuk bir şekilde sorun. Soğuk ama kibar davranın ki birlikte olmadığınız için soğuk davrandığınızı fark edemesin. Bu madde kesinlikle size geri dönmesini sağlayacaktır.

10. İyi eğlenceler: Yeni birini bulduğunuzu bile düşünebilir ve sizin yüzünüzden kendini tamamen kaybedeceği bir noktaya gelebilir. Ayrıldığınız için drama yapmak yerine eğlendiğinizi görmek onu derinden yaralayacak ve hatasını anlamasını sağlayacaktır.

11. Bırakın gitsin: "Ayrılmak istiyorum." dediği an direkt "Tamam." deyin, umursamaz görünün ki size geri dönsün. Bir insanı tekrar kazanmanın en iyi yolu gitmesine izin vermektir. Bu şekilde ona da kendinize de ilişkinizin olumlu, olumsuz bütün yönlerini görmek için yeterli zaman vereceksiniz. Sizi gerçekten seviyorsa, anlaması biraz zaman alsa da size dönecektir. Uzun süreli ilişkiler insanlara belli bir rutine sıkışıp kalma özelliği yükleyebiliyor. Bu yüzden ayrılıp biraz nefes aldıktan sonra sakin kafayla birleşmek, birbirine geri dönmek her iki tarafa da iyi geliyor. Bu taktiği denerseniz eminim ikiniz de çok daha iyi hissedeceksiniz ve size döndükten sonra ilişkiniz daha sağlıklı ve istikrarlı olacak.

12. Surat asmak yerine boş zamanınızın tadını çıkarın: "Asla yapamam." dediğiniz ne varsa yapmaya çalışın, bolca eğlenin, yürüyüşe çıkın, seyahat edin, spor yapın, erken kalkın, kitap okuyun, bisiklete binin. Sizi mutlu edeceğini düşündüğünüz her ne varsa bir an önce yapın ki eski sevgiliniz, ilişkiniz ve üzerinde çalışmanız gereken her şey hakkında bolca vaktiniz olsun ve böylece sağlıklı kararlar da alabilesiniz. Siz bunları yapmakla zamanınızı kaliteli bir şekilde geçirirken eski sevgiliniz de sizi özleyerek kafasını vuracak duvar arasın.

13. Kaybettiğiniz şeye odaklanmayı bırakın: Artık bir ilişkiniz olmadığında başınıza gelebilecek iyi şeyleri düşünün.

Ayrılık bazı şeyleri daha net görmenizi sağlayacak ve eski ilişkinize dönseniz bile ilişkiyi diri tutacaktır. Öyleyse olan hiçbir şeyden pişman olmayın.

14. Ayrılık konusunda dürüst olun: Hiçbir koşulda onunla iletişime geçmeyin veya size geri dönmesi için başının etini yemeyin. Sizi neden bu kadar özlediğini bile bilmeyecek ve sizi eskiye kıyasla daha çok isteyecektir. Bu tam olarak onun sizin için fazladan efor sarf etmesini sağlayan şeydir.

15. *Never Give Up*: Kendinizi geliştirmek için asla pes etmeyin ve gelişiminizi asla ertelemeyin. Hele ki bir sevgili ya da bir arkadaş için gelişiminizi arka planda tutmayın. Aksine, kendiniz olun ki insanlar sizi sevmekle kalmayıp size hayran olabilsinler. Örneğin; eski sevgiliniz bu verdiğim taktiklerle size döndüğünde değiştiğinizi, daha da güçlendiğinizi gerçekten fark edebilsin.

SEN DE BİLİYORSUN, HALLEDEBİLİRDİK, BAŞARAMADIK AMA

Ne sen vazgeçtin dediğim dediklerden ne ben bildiklerimden. Yağmur dünyanın her yerine aynı dilde yağar. Güneş hep aynı anlama gelir. Toprak daima topraktır. Fakat insan başkadır. Ne kadar maharetli olursanız olun, anlamak istemeyene hiçbir şey anlatamazsınız. Geriye kalan sadece fazlasıyla yorgunluk ve yeterince pişmanlıktır. Sanırım ikimiz de yorulduk. Bir zamanlar her gün sana doğru yürüdüğüm yolda, artık adım atmaya hâlim yok. Yorulduğumdan değil inan ki beni biliyorsun ucunda sana kavuşmak varsa, yorgunluk anca duraklama noktam olabilir, gözüme soka soka olmayacağını gösterdiğinden tüm bunlar. Düpedüz çaresizlik, buram buram bunalım kokuyor sana giden tüm yollar.

Kavuşmak olmazsa her şey anlamsız, hem sana gelmeyene gidemezsin ki. Neyse, belki başka bir evrende… En güzel hâlinle... Güzel şeyler olacak, belki bugün değil yarın, belki bu dünyada değil, başka bir dünyada çünkü bunun için her gece uyumadan önce ettiğim güzel dualarım var. Beni inciten herkese dua ettim, en çok da sana. Kimse sen gibi olamadı diye bir şey yoktu işin aslı, kimseyi senin yerine koyamadım ben. Kimseye kırgın değilim. En çok kendime kızgınım, tüm bunlara ben izin verdim. İnsan kalbinde ne taşıyorsa, dünyaya bakınca onu görür... Geç de olsa anladım... Sen gelmek isteseydin, o sokakların hepsi bana çıkardı. Ben mağlubum, hiç sanmazdım bir gün bu farkındalığa varacağıma ama beni vurdular, beni sen vurdun demiyorum ama sana koşarken vurdular. Bilmelisin ki sen de kaybettin. Umarım beni anlamak için, benim kadar kaybetmezsin. Böyle sağlam bittik...

DEPRESYONDA DEĞİLİM, BEN ARTIK DEPRESYONUN TA KENDİSİYİM

Hanımlar, size probleminizin çözümü olarak nasıl gülümsemeniz gerektiğinin, saçlarınızı nasıl bağlamanız gerektiğinin veya nasıl giyinmeniz gerektiğinin söylenmesine izin vermeyin. Kontrolünüz dışında olan konular hakkında kimsenin kötü hissetmenize neden olacak cümleler kurmasına asla izin vermeyin. Hâlâ seviliyorsunuz unutmayın. Kendiniz için böyle hissetmiyor olsanız bile hâlâ sevimlisiniz ve kendinizi sevmeseniz bile sevilebilirsiniz. Ne kadar kasılırsanız kasılın ya da ne kadar rahat olursanız olun biri sizi sevecek. Yere uzanıp hüzünlü müzik dinlerken bile partneriniz sizi seviyorsa o zaman gerçek aşkı bulmuşsunuzdur. Her şeyi her zaman sorgulamak yerine her şeyi kontrol edemeyeceğinizi kabul etmeyi deneyin lütfen. Bitmez dediğimiz her şey, tıpkı gitmez dediğimiz herkesin gittiği gibi biter gider. Depresyon dedikleri bu mu? Sanki yavaş yavaş her şeyden ve herkesten vazgeçiyor olabilirsiniz. Ben de aslında hep yalnızdım, sadece hayatıma birileri gelip gidiyordu ve kırıp dökme isteğiyle doluydum. Beni derinden sarsan bir ilişkinin ardından yaklaşık on beş gün sonra kendime geldim. İlk fark ettiğim şeyler ise odanın karanlığı ve her tarafı saran sigara kokusuydu. En kısa sürede, tanıdığım bir psikoloğa gittim ve bana üç çeşit insanın depresyona girdiğini söylemişti:

- Kendine güveni olmayan
- Sorumluluk duygusu olmayan

- Yaşamın sürprizlerine açık olmayan

Bu hislerin hepsi bende var, o yüzden sürekli kendime "Depresyonda değilim, ben artık depresyonun ta kendisiyim." diyorum. Çocukluğumdan beri günlük tutarım hatta çocukluk arkadaşımın hatıra defterine bile büyüyünce yazar olmak istediğimi yazmışım çünkü bu etkinlik en iyi antidepresana bin basar.

Fark ettim ki birileri üzülmesin diye yaptığım her hareket öyle ya da böyle beni üzmüş. Ağlatmış bazen, bazen uykularımı kaçırmış. Ağzımı açıp tek kelime etmemişim ama. "Olsun, geçer gider."
demişim ama hep bir yumru kalmış boğazımda.
Hep biraz eksiklik, biraz kırgınlık kalmış.

SADECE KENDİMLE KENDİM HAKKIMDA KONUŞUYORUM

Bir ihtimal seni iyileştireceğimi düşünürken kendimi Bakırköy Ruh ve Sinir Hastalıkları B Blok'ta buldum. Sayende öğrendim ki iyileşmek istemeyen bir hastaya ancak iyi gelebilirmişsin ama onu hiçbir zaman tamamen iyileştiremezmişsin. Sen istemiş olsaydın sadece seni iyileştirmekte yetinmez, senden çok daha iyi bir insan yapardım. Artık vazgeçtiğim kadar özgürsün. Benden uzak dur, hayatımı tekrar kaydırma. Senin yüreğinin sevginin dahi iyileştiremeyeceği kadar zeval bulduğunu geç olsa da öğrendim. Benden sonra kime gidersen git ama bir daha onarmasını bilmediğin bir şeyi kırma çünkü bunun vebali büyük oluyor. Şimdi bunu sana nasıl anlatayım? Benden sonra gideceğin kişinin hayalleri, duyguları var. Beni kendinden soğuttun, senin üzerine kurduğum en güzel hayallerimi yerle bir ettin, bari bir kere adam ol da başka bir kıza aynı şeyleri yapma.

Ben "Acıya dayanırım." derken acının ta kendisi olmuşum, "Dert benden gitsin." derken bana yatılı misafir olmuş. Sen eline yakışan bir demet çiçek yapmak için beni ait olduğum dallardan kopardın, toprağımı kazıdın. Neymiş? Birini sevmek, ona sahip olmakla alakalı değilmiş. Onu sevgiyle beslemekle, sulamakla, devamlı sevebilmekle alakalıymış. Oysaki o an bu kadar güçlü olmak yerine Allah'a sığınsak, sadece temiz kalpli kalabilme doğrultusunda ilerlesek hayat bu denli üzerimize gelmeyecek. İrademizi zorlamak, o kadar da güçlü olmadığımızı bal gibi bilmelerine rağmen bilinçli bir şekilde sırf kendi egolarını tatmin edebilmek için bizi sırtlanamayacağımız yüklerin altına sokmak ve üstesinden gelebilmemizi beklemek. Bizi bilinçli şekilde tükenmişlik sendromuna sokup sonrasında da "Ben sana demiştim." vb. laf kalıplarıyla gurumuzu incitmek. Her insan olduğu gibi sevilmek, değer görmek ister. Oysaki insanları sokmak istediğin kıvama onları eğerek, bükerek sokmak hem Allah huzurunda günahtır hem de o kişi sana hak etmediğini bile bile destek olmuş, sana değer vermiş, sen neden canını yakarak kendi kendini onun gözünde yok ediyorsun ki?

İnsan ırkının en saçma özelliği hoşlandığı kişiden karşılık görünce soğumaktır. Karşılık alamadığında ise deli divane bağlanmak... Acilen bu özelliğinize güncelleme gelmesi gerek.

BANA NASIL SEVECEĞİMİ DE BUNDAN NASIL KURTULMAM GEREKTİĞİNİ ÖĞRETECEK KİŞİ DE SEN OLACAKSIN

İstediğim tek şey sensin, bu yüzden seni nasıl bırakacağımı bilmeden sadece deniyorum. Bugüne kadar sevgilim olan birini nasıl bir anda unutabilirim ki? Kalbim bir tek senin için atarken nasıl kalkıp hayatıma kaldığım yerden devam edebilirim? Dürüst olmak gerekirse nereye gideceğim, ne söyleyeceğim ya da sana nasıl veda edeceğim hakkında hiçbir fikrim yok. Herkes bana dışarıda seni unutturabilecek pek çok erkek olduğunu söylüyor ancak doğru kişiyle veya doğru kişi olduğunu düşündüğüm kişiyle tanıştığım zaman senin orada olduğunu ve gerçekten istediğim tek kişinin o olduğunu bilerek hayatımı yaşamak zordur.

Beni tüketen şeyi nasıl yok sayarım da başka birini severek kapatabilirim içimdeki boşluğu? Ne kadar meşgul olursak olalım her zaman aklımda olan birini kafamdan çıkaramam. Bu kişi, gözümün açılmadan önceki ve gözlerimin açıldıktan sonraki her düşüncemin hâline geldiği için rüyalarımı kontrol edemem. Ve eski sevgilim bu yüzden rüyalarımdan da çıkmaz. Bir şeyler ters gittiğinde de beni mutlu edecek bir şey olduğunda da başvurmak istediğim kişi sendin. Hayatımın birçok yerine koyduğum birini nasıl uzaklaştırabilirim ki?

Mesafenin sevgiyi alevlendireceğine inanmak doğruysa ayrılık bu sevgiyi sadece derinleştirecektir. Beni istemeyen hiç kimseyi istememeliyim. Bana acı veren birinin hayatımda bu kadar rahat hareket etmesini istememeliyim. İsteyeceğim son şey sensin fakat aynı zamanda istediğim tek şey de sensin. Sensiz her gün, yokluğunda hayatımın bir maratonu gibi geliyor ve bunu nasıl aşacağımı bilmiyorum. Herkes zamanın kalbi iyileştireceğini söylüyor ama şu anda her şey canımı çok acıtıyor. Tuhaf ki içimi dolduran bu üzüntüde umut var. Senin gibi birinin bu dünyada var olduğunu bilmek beni rahatlatıyor. Bana nasıl seveceğimi öğrettin ve bundan nasıl kurtulmam gerektiğini öğreten kişi de sen olacaksın.

"Kendini değersiz hissettiğin zamanların üzülme süresi vardır. O süre bittiğinde kendine saygı duyman gerektiğini öğrenirsin, mantığın konuşur. Yavaş yavaş kendini daha değerli hissedersin ve üzüntün neredeyse geçmiştir. Her şeyi en başından alıp tüm yaşananları tek tek düşünürsün. Büyük bir aydınlanma yaşarsın. Kendine saygı duydukça, hak etmediğine inandığın, değersiz hissettiğin yerden kalkıp gitmeyi öğrenirsin. Yürümeyi öğrenmek böyle bir şey işte..."

BİRİNİ İSTEMEKLE BİRİNE İHTİYAÇ DUYMAK ARASINDAKİ FARK

"İhtiyaç" ve "istek" kelimeleri arasında büyük farklar vardır. Birine ihtiyaç duymak bir tür alışılmış bağımlılıktır. Birini kriz veya aşırı üzüntü zamanlarında kullanmak insanın bir parçasıdır ancak birine her zaman ihtiyaç duymak boğucudur. Çoğu insan ihtiyacı sevgiyle karıştırır ama eş anlamlı değillerdir. Sadece birine ihtiyacınız olursa bağımsızlığını ve bir kişi olarak hareket etme yeteneğini kaybedersiniz çünkü sürekli olarak başka birine bağımlısınızdır. Kendi başınıza başa çıkma yeteneğinizi ve arzunuzu kaybedersiniz, düşüncelerinizle yalnız kalmanın nasıl bir şey olduğunu unutursunuz ve kendi başınıza var olabileceğiniz bir zamanı neredeyse hiç hatırlayamazsınız. Elbette bu, aşk gibi görünebilir ama öyle değildir. Birine ihtiyaç duymak demek, bağımlılık diyarına birinci sınıf bir bilet almak anlamına gelir. Öte yandan istemek, birini sevmeyi öğrenmenin ilk adımıdır. Diğerinin yanında olmak istersiniz çünkü onlar sizi gülümsetir, daha mutlu eder ve onlar etrafınızdayken zaman daha hızlı geçer fakat sevdiceğinizin sizinle çalışması, yanınızda uykuya dalması, bir sınava çalışırken kütüphanede yanınızda olması gerekmiyor, tüm bunları kendiniz yapabilirsiniz.

Sana veda edemiyorum ama
kavuşacak gibi de değiliz.

ONA BAĞIMLI OLMAKTAN HEMEN KURTULUN!

Eğer aklınızdan hâlâ "O olmadan yaşayamam, beni bu hayatta tek mutlu edebilecek kişi o, ondan başkasını bir daha sevemem; onsuz bir hiçim, değersizim, eksiğim; onsuz önüme bakamıyorum." gibi şeyler geçiriyorsanız tekrar onunla irtibata geçmeniz için sağlıklı bir zamanlama değil diye düşünüyorum. Kendinizi ona bağımlı hissettiğiniz anlar hem kafanızda hem de kalbinizde tamamen yok olmalı ki onunla tekrar irtibata geçtiğinizde geçmişte yaptığınız hataları tekrarlamayasınız. Burada esas olan saplantılı sevmekten kopmayı önce becerebilmelisiniz ki onunla aynı hizada olabilin. Bu olmazsa olmaz ve gerçekleşmezse, o sizdeki bu yıkıklığı sezip yine kendini ulaşılmaz görecektir ve bunu da size her fırsatta hissettirecektir.

Sizi çok iyi anlıyorum; o avanak herif sizi itip kakıyor, eziyor, leş gibi davranıyor âdeta. Siz ise sevginizden ötürü kopamıyorsunuz ancak onsuz da hayata devam etmelisiniz. Sizi bu durumun içinden kurtaracak birkaç yol söyleyebilirim: Onla iletişimi kesin ilk başta. Bu onda soğuk duş etkisi yaratacak ve hataları için özür dileyip barışmak isteyecektir. Sakın buna kanmayın ve bir süre en azından ara verin. Hiçbir şekilde mesaj yok, görüşme yok, telefon yok. Bırakın WhatsApp dinlensin, bırakın telefonu. Ararsa ya da görüşmek isterse de "Biz ara verdik, konuşmak istemiyorum." deyip kısa tutun uzatmayın. İlk beş gün mutlaka duygularınızı yazın, yoğun spor yapın, arkadaşlarınız ile vakit geçirin. Bunlar inanın ki size çok iyi gelecek, güvenin bana.

Yazmak ile bilinçaltınızda yatan tüm sorunlar, duygular, hissiyatlar âdeta parmaklarınızdan kâğıda akar. Hiç dile getirmediğiniz sorunlar aklınıza gelir. Kafa olarak da olağan derece de yumuşama gerçekleşir. Madem kötü kral sizi dinlemiyor, sizin en yakın dostlarınızda kâğıtlar ve kalem olsun. Bunu uyguladıktan sonra göreceksiniz ki bir yerden sonra yazacak bir şeyiniz kalmaz. En başa dönüp okuduğunuzda, "Ben bunlara mı üzüldüm? Bu erkek için mi kendimi böyle hissettim?" diyebilirsiniz.

Spor yapmak ve arkadaşlarınız ile vakit geçirmek de sizi meşgul eder ve enerjinizi farklı yere çekmiş olursunuz. Bu size o kadar iyi gelecek ki... Örselenen öz güveniniz yerine gelecek, sizi terk ettiğini sandığınız cesaretiniz ben buradaydım deyip içinizde büyümeye başlayacak.

Bu söylediğim şeyleri en az on beş gün, en fazla otuz gün uygulayın. Eminim ki daha sonra karşınızda sizi anlayan ve sizin değiştiğinizi söyleyen biri olacak. Bağımlılıktan yavaş yavaş uzaklaştığınız için daha sağlıklı kararlar verebilmek adına bu zamanın en uygun zaman olduğunu düşünüyorum. Hayatınızın tüm iplerini almak için tüm oklar size dönmüş durumda iken siz ne karar vereceksiniz?

Bir gün kıymetim bilinir diye, tüm çabalayışlarım fark edilir diye, varını yoğunu ortaya koyup kendini boş yere paralama! Sadece tek bir gün değer görmek uğruna, kendini seni gram hak etmediğini bal gibi bildiğin biri için feda etmeyi bırak. Unutma ki bir kere yaptığın fedakârlığın kıymetini bilmeyen, sürekli yaptığın fedakârlıklarını görev zanneder.
Bu aşağılık dünyada senin fedakârlık yapman gereken tek kişi kendinsin. Sen kıymetlisin, sen değerlisin, sen bütün çabaların hak edenisin...

GERÇEK AŞKLA SAF BAĞIMLILIK ARASINDAKİ FARKI NASIL AYIRT EDEBİLİRİZ?

Tanıştığın adam cesur, yakışıklı, yiğit, sevgi belirtileriyle seni kasıp kavurdu ve bu liste uzayıp gidebilir, hiç sorun değil. Fakat gerçek olamayacak kadar fazla iyi görünüyorsa bu konuda şüphelenmen gerekir güzel kız. Kadınlar için gerçek aşkla bağımlılık arasındaki farkı ayırt edebilmek çoğunlukla zor olur çünkü ikisi de ilk başlarda birbirlerine çok benzerler. İkisi âdeta gri gibi gözükür. Ancak hiç de öyle değildir. Siyah ile beyazdır bu iki durum. Öyle lanet bir şeyin arasında kalırsanız lütfen kendinize dikkat edin. Diyelim ki hayatında, bu konuda her şey çok hızlı gelişti. Onunla tanıştın ve birden o senin arkadaşın oldu ya da ilk buluşmayı kabul ettin ve ilk buluşma öncesinde sürekli birlikte zaman geçirdiniz. Erkeğin seni gerçekten sevip sevmediğini veya sadece bağımlı olup olmadığını öğrenmek için okumaya devam et lütfen güzel kız.

İlk başta anlattığım flört aşaması çok önemlidir. Kendinize ayrı ayrı özel vakit ayırıyor musunuz? Uzak kalamadan veya birkaç saat haber alamadan da duruyor musunuz? Senin hayatına dair sorgulayıcı sorular soruyor mu? Bu sorulara cevap verin içinizde, sonra devam edin okumaya. Biraz yapışkansa şüphelenmen gerekir. Bu durum başta ilişkinize zarar vermeyebilir fakat gelecekte bu yoğun ilgi ve yapışkanlıkla baş etmek senin için zor olacaktır. Beraberken asla uzak olmaması muhtemelen seni ulaşabildiği bir yerde tutar ve bundan hoşlanır çünkü böylelikle istediği zaman seni kucaklayıp öpebilecektir. İlk başta sevimliydi ama şimdi kendin için neredeyse hiç zamanın olmadığını ve biraz fazla zaman alabileceğini görüyorsun. Sürekli olarak enerjini ve dikkatini talep ediyor gibi göründüğü için yavaş yavaş tükendiğini bile hissedebilir. Seni gerçek hayatta ve sosyal medyada takip eder. Bir diğer bağımlı işareti de nereye gittiğini ve kiminle olduğunu her zaman bilmek istemesidir. Olacağını bildiği bir yere gelse bile sürpriz olmazdı (ve muhtemelen bunun romantik olduğunu düşünürsün). Sosyal medyadaki gönderilerinin bile hepsinde o adamın yorumu var. Onları gördüğünde "Bu adam bana takıntılı mı?" diye şüphelenirsin ve düşüncen doğru olabilir. Her hareketini bilmek istemesi, her güncellemeni takip etmesi takıntısının bir göstergesidir. Sana ulaşamadığında aşırı tepki vermesi en göz ardı edilemez bağımlılık belirtisidir.

Bu gerçek aşk değildir çünkü bir kadını seven bir erkek onu olduğu gibi kabul edecek ve sevecektir. Bağımlı hâldeki erkek arkadaş senin onu reddedeceğini hissettiğinde sinirlenir. İster toplumda rahatsız olduğunuz bir sevgi göstergesinde, ister evde baş başayken yaşadığınız cinsel olaylarda havanızda olmadığınız için soğuk davranırsanız bunu kişisel kabul eder. Belki sinirlenip bağırır ya da kırılır çünkü o an onun sevdiği, istediği kadar sevip istemediğini düşünür. Sana öfkesini belli ettiğinde bu davranışı tekrarlamayacağını düşünür fakat bu senin için adil değildir ve böyle bağımlı biriyle birlikte olmak seni yıpratır, o yüzden temkinli ol ve seni kontrol etmesine lütfen ama lütfen izin verme güzel kız.

Hiçbir zaman suratımı asacak, başka yöne çevirecek kadar kızgın kalamadım, hep bir gülüşe gülümsedim. Bu yüzden de kaybettim.

NARSİSTLER NEDEN KİMSEYİ SEVEMEZ?

Geçenlerde narsist biriyle ilişkisi olan bir arkadaşımla görüştüm. Bana, narsist sevgilisine ne kadar yardım etmek istediğini, onu hayatında ne kadar çok istediğini anlattı. Fakat narsist sevgilisinin kendisini ne kadar fazla manipüle ettiğinin, taciz ettiğinin farkında değildi. Bir noktadan sonra kendimi tutamadım ve duyması gereken ancak kabul edemeyeceği sözleri söyledim. Narsist kişilik bozukluğuna sahip olan insanların kendisi dışında kimseyi sevemeyeceğini söyledim fakat arkadaşım onun maskesinin altındaki yüzünü görmediği için yanıldığımı söyleyerek onun da kendisini sevdiğini söylemeye devam etti. Şimdi sizlere narsist birinde gözlemlediğim ve onların hiç kimseyi sevememesinin dört nedenini anlatacağım:

1. **Hayalleri bir fanteziye dayanıyordur:** Başlangıçta narsist sizi hayatının en büyük aşkı olarak görür ve mükemmel olduğunuza inanıp, buna sizi de inandırıp sizi göklere çıkarır. Birinin sizi bulutların üzerinde tutması size âşık olduğu anlamına gelmez. Tamamen hayal gücüne dayanır.

2. **Kendilerini sevmezler:** Narsist kişilik bozukluğu teşhisi konan insanlar hayatlarının herhangi bir yerinde öz güvenlerini sarsan bir olay yaşamışlardır ve o an onları bir öfke ve suçlama yoluna götürmüştür. Onlar da bu durumla karşı karşıya kalınca kendilerini savunmasız hâle gelmekten korumak için bir maske geliştirmişlerdir. Kendini sevmeyen biri-

nin sizi sevmesini beklemek sadece boş ve olmayacak bir hayal kurmaktır.

3. **Sürekli güvence isterler:** Öz güvenleri olmadığı için her şeyi dışarıdan almak zorundadırlar. İlişkinin başlangıcında sizi sevgi yağmuruna tutarak sizi baştan çıkaracaklar ve sizden istedikleri ilgiyi alacaklardır fakat siz farkında olmadan ilginizi azalttığınız zaman o ilgiyi tekrar isteyecekler ve siz de onlara istedikleri duyguları tekrar vereceksiniz ve bu döngü böyle devam ederken yıpranan sadece siz olacaksınız. İlişkiler narsistlerin egolarını ve özgüvenlerini desteklemek için olumlu ilgi ve cinsel tatmini sağlar. Narsistler partnerlerinden kolayca sıkılırlar ve yeni bir ihtiyaç giderici kaynak bulurlar ama sizi de kaybetmek istemezler, ellerinin altında tutmak için sizinle de görüşürler, gönlünüzü hoş tutarlar.

4. **İstediklerini elde etmek için sizi manipüle ederler:** Bir mesajda sizi çok sevdiklerini söylerken, diğerinde sizden nefret ettiğini, bir sonraki mesajda ise size çok ihtiyaçları olduğunu söylerler. Bu durum karşısında şaşırıp kalabilirsiniz. Eleştirileri önlemek için bunları kabul etmeyebilir ve yalan söyleyebilirler. Şefkatli davranabilir veya şikâyetlerinizden zarar gördüğünü söyleyebilir, şikâyetlerinize şaşırabilirler. İstediklerini alabilmek için kontrol sahibi olmayı istemek kendilerinde gördükleri en büyük haktır.

Narsist partnerlere sahip insanlarla sık sık karşılaşıyorum ve bana narsistlerin kendilerini sevdiklerini ifade ediyorlar fakat ne yazık ki sizi sevdiklerini söylerken yalan söylüyorlar çünkü böyle davranarak istediklerini elde edebileceklerini, sizi kullanabileceklerini biliyorlar. Bu gerçeği kabul etmelisiniz. Hayatınızda ilerlemenin tek yolu karşılaşabileceğiniz en acı gerçeği kabul etmenizdir. O maskenin arkasında kurtarabileceğiniz kimse yok. Size göstermek istediklerini gördünüz ve bunun gerçek olmadığını kabul etmelisiniz. Gerçek aşk manipülasyon, fazladan çaba sarf etme, duvarlar, utanç, küçük düşürme/düşürülme, fiziksel veya ruhsal taciz içermez. Bunları bilerek güzel bir hayat, değer gördüğünüz sağlıklı bir ilişki yaşamanız dileğiyle...

BİR NARSİST ÖZLEYEBİLİR Mİ?

Kısa cevap: evet. Ama umduğunuz nedenlerden dolayı değil. Neden? Genellikle narsisti özlemekle tüketildiklerinden, aynı kayıp ve keder duygularına sahip olup olmadığını merak ettiklerinden... Belki de ilişkiyi canlandırma şansı olup olmadığını merak ediyorlar. Göründüğü gibi, narsistin bizi özleyip özlemediğini merak ettiğimizde, kaybetme ve özlem duygularımızı onlara yansıtırız. Narsistler bizimle aynı duyguları düşünmez veya deneyimlemezler. Diğer insanlarla bağ kuramazlar, bu nedenle olağan özlem duyguları veya üzüntü ve pişmanlık duyguları genellikle onları etkilemez. Ama bir şeyler hissetmelisin, değil mi? Evet, yaparlar ancak umduğunuza yakın bile görünmüyor.

Ortalama bir zehirli narsist sizi bir bütün olarak değil, kendinizin bir uzantısı olarak görür. İlişkilere dair algısı sizinki veya benimki ile aynı değildir. Önceki ilişkilerini masada duran kalemi gördüğü gibi görür. Elbette, onu ilk aldığında yeni, parlak ve hiç kullanılmamıştı. Ama sonunda kullanıldı ve yeniliğini yitirdi.

Narsistler, eski alevleri yeniden canlandırmakla ünlüdür, bu kesin. Ama bunun eski alevle ilgili olmadığını bilmelisin. Bunun yerine, narsist teklifler biçiminde eski alevden ne elde edebilecekleriyle ilgilidir. Hadi bunu narsistler ve onların psikolojileriyle ilişkilendirelim. Bir narsist özleyebilir mi? Narsistler doğal olarak şefkatlerinde aşırıdır, bu yüzden dengesiz oldukları kadar sığdırlar.

İlk aşamada, narsist sizi son derece çekici bulacaktır. Bir ilişkinin başlangıcında "sahiplenme modunda" olduğu için, elinden gelenin en iyisini yapar. Seni ona "bağımlı" kılmaya ve seni "kazanmaya" çalıştığı için, hatalarını aramaya zahmet etmez. Sizi bir kaide üzerine koyar ve bununla sizi ve kendini kandırır. Gerçek şu ki bu süre zarfında kırmızı bayrakları fark etmememizin bir nedeni, bir narsistin aslında o anda buna İNANMASIDIR. Gerçekten, en azından geçici olarak, mükemmel kişiyi bulduğunu düşünür. Ayrıca, narsistlerin nesne sürekliliğinden yoksun olduğunu ve bunun da sizi yalnızca mükemmel veya tamamen değersiz olarak görebilecekleri anlamına geldiğini unutmayın. Elbette yaklaştığınız anda sizde küçük hatalar fark etmeye başlar. Büyük bir şey değil, sadece gerçekten insan olduğunuzu anlamaya yetecek kadar.

Özlenmek aslında yeryüzünün
en güzel hislerinden biridir ancak
geri gelme sebebi özlemekten başka şeyler ise
onun yüzüne bakmak da en büyük günah olsa gerek…

NARSİST ERKEKLERİN OYNADIĞI ÜÇ AKIL OYUNU

Bir narsistle birlikte olup olmadığınızı nereden bilebilirsiniz ki? İhtimalleri saymama izin verin! Ayrıca, onu değiştirebilme ya da ona yardım edebileceğinizi düşünme hatasını asla yapmayın. Eğitimli bir psikiyatrist değilseniz ve o hemen sizi aramadığı sürece, ona zihinsel bozukluğu konusunda yardım edemezsiniz. Hata yapmayın, bu bir kişilik ve duygusal bozukluktur ve yardım isterse ona yalnızca bir psikiyatri uzmanı yardımcı olabilir. Şimdi bunu çözdüğümüze göre, "Tüm narsist erkekler ilişkilerde hangi oyunları oynar?" konusuna geçebiliriz:

1. Kendini önemseme duygusu güçlü bir şekilde gelişkindir: İşte bir senaryo: Kadın adama, onun çok ihtiyaç duyduğu bir tatile götürmek isteyip istemediğini sorar. Adam, "Şimdi işimi bırakırsam ne olur, nasıl gelecek planları kurabiliriz?" diye yanıt verir. Narsistler, onlar olmadan hiçbir işin doğru yürümeyeceğine inanır ya da en azından sizin buna inanmanızı ister. Konuştuğunda sadece kendi adı gelir aklına. Ne satın alacağı ya da nereye gittiği, ne yaptığı, kiminle ve ne kadar para harcadığı ile övünüp durur. Nadiren sizin veya hayatınızın hakkında sorular sorar. Konuşmanın tamamı ya da büyük çoğunluğu onun başarılarının, günlük rutinlerinin hakkındadır. Narsistler, kendilerini ukala ve kibirli göstermeyi çok severler. En basitinden, onlarla günlük konuşmalara bile girmekte zorluk çekebilirsiniz. Sizlere gününüzün nasıl geçtiğini veya gün içinde neler yaptığınızı sormaz. Varsa yoksa kendisi…

2. Kendisi dışındaki herkese karşı merhametsizdirler: Bir başka senaryo ise şu şekildedir: Ailesinden birinin ciddi bir hastalığa yakalandığı ve ömrünün kısa olduğu söylense, karşısındakine hiç destek olmaz. Hatta fazla düşünmemesi gerektiğini, hayatta böyle şeyler olabileceğini söyler. Burada sıfır empati var ancak daha da kötüsü, kişinin çoktan çökmüş hâldeyken aşağılanmasıdır. Bu, bir narsistle birlikte olduğunuzu gösteren büyük bir uyarı işaretidir. Başkalarını küçük düşürmek, narsisti daha iyi hissettirir. Yine de ruhlarının derinliklerinde, etraflarındaki herkesten üstün olsalar bile kendilerini aşağılık hissederler. Sizin kötü bir zamanınızda yanınızda olup destek vermektense ortadan kaybolmasına da hiç şaşırmayın.

3. **Kırılgan benlik saygısı:** Son senaryo ise şu şekildedir: Kadın, erkeğin yoğun iş temposunda, iş stresinden oluşan gerginliğini azaltmak için sevgiyle yaklaşır. Adam cevap verir: "Sen neden bahsediyorsun? Bu işin nasıl olduğunu sen bilemezsin, öyle diyorsan gel sen yap o zaman. Benim yaşımdaki biri için bu tempo fazla ama ben dayanıyorum. Kendine bak, her gün biraz çalışıp eve dönüyorsun, ben ise gece geç saatlere kadar çalışıyorum; üstelik sen de destek olmak yerine üstüme geliyorsun." Bir narsist, genellikle çok çekici ve oldukça zekidir. Çoğu zaman size güneşi, ayı ve yıldızları vadeder. İstediklerini yapmak uğruna sizi kendi dünyalarında "yakalayabilmeleri" için hangi düğmelere basacaklarını bilirler.

Onların istediklerini yapmayı bıraktığınız an sinirlenirler. İlişkiyi bırakmaya karar verirseniz, sizi çöpe atarlar ve sonra herkese sizin tarafınızdan zorbalığa maruz kaldıklarını söylerler. Narsist davranışın kurbanı olsanız bile, narsistin de bir kurban olduğunu kendinize hatırlatın. Gerçekten yardıma ihtiyaçları vardır narsistlerin. Bu kişiyi sevdiğiniz hâlde terk edebilirsiniz çünkü sevgi zarar verdiği hâlde gitmemek değil, sağlıklı olması için ona yardım etmektir.

NARSİSTLERİN EN ÇOK KORKTUĞU ŞEYLER NELERDİR?

Narsist insanlar korkularını gizlemekte uzmanlardır, aslında koca bir bebek gibidirler, bunu nereden mi biliyorum? Reddedildikleri zaman çıldıracak gibi olurlar. Onları reddeden, ikinci şansı vermeyen kişiye hayatı zindan etmeye hiçbir şeye odaklanmayacakları kadar fazla odaklanırlar. Onu reddetmeniz kendisini sorgulamasına sebep olacaktır fakat ona karakteristik özelliklerini veren değerler, vazgeçilmez olduğuna olan inancı gerçeklerle karşılaşınca çürüdüğü için iyice delirecektir. Onu terk etmeniz onu aşağılamanızla eş değerdir, onu bir boşluğa itmeniz, onu yerin dibine sokacaktır ve bunu kabullenemeyecektir. Size göre durum nettir, karakter bozukluğu olan biriyle birlikte olmak istemiyorsunuzdur ve bu en doğal hakkınızdır fakat onun bakış açısı tamamen farklıdır. Ona zarar vermek için onu istemediğinizi düşünecektir çünkü ona göre kendisi beyaz atlı prenstir ve siz onu elinin tersiyle iten şımarık, ukala birisinizdir.

Onu terk etme düşüncenizi kafanızdan silmeniz için bütün gücüyle mücadele edecektir. Onu yok saymanız bir narsisti için içe öldürmenin liste başıdır, bunun ötesi berisi yoktur. Ona hak ettiğini zannettiği değeri vermezseniz depresyona girecek ve buram buram depresyon kokacaktır. İstediği miktardaki ilgiyi alamayan her narsist yavaş yavaş ölmeye mahkûmdur. Sizin için mücadele ederek, sizi el üstünde tutarak kazanabilme planı işe yaramadığı zaman suçlayarak, çamur atarak sizi manipüle edecektir. Neden mi? Çünkü iyilikle dikkati üstüne çekmeyi başaramayan narsistler bunu zorla yapmaya çalışacaklardır. Onu dikkate almadığınız zaman ise dalından yeni koparılmış bir çiçek gibi solacaktır.

Kendinizi savunmak için karşılık vermek isteyeceksinizdir ama lütfen bunu yapmayın çünkü onu eleştirmeye başladığınızda gözü dönecek ve dünyayı size zehretmek için elinden geleni yapacaktır. Narsistler eksikliği, çaresizliği, zavallı olmayı asla kabullenemezler. Seviyesine inip siz de ona çamur atmayı, gülmeyi, onu hor görmeyi tercih etmeyin lütfen çünkü bu sefer bu durum, bir kısır döngüye dönüşür ve o canınızı daha çok acıtmaya çalışır. Savaşın kazananı olmaz, az ya da çok kaybedeni olur, "kazandım" zannettiğiniz anda bir bakmışsınız ki neye uğradığınızı şaşırmış bir şekilde yerdesiniz. Bunları yapmak yerine mesafenizi koruyun, iletişime geçmeyin, onu öyle bir görmeyin ki kendisi bile kendi varlığından şüphe etsin. Uzak durun, elinde sizi tehdit edebileceği şeyler varsa oyununa gelip istediklerini yapmayın. Sizi delirtene kadar yakanızı bırakmayacaktır, o yüzden en güzeli bırakın kopması gerektiği yerden kopsun, her şey olacağına varır.

Sırf değer veriyorsunuz diye birilerinin sizi ezmesine göz yumup alttan alma mecburiyetiniz yok. Bu hayata, hiçbir şeyden memnun olmayan bencil insanları mutlu etmeye de gelmediniz. Hayatta yapılacak çok güzel şeyler var. Gezmediğiniz yerleri görüp ufkunuz açılabilir, hiç tatmadığınız yemekleri yiyebilirsiniz, farklı insanlar ile tanışıp bambaşka tecrübeler edinebilirsiniz. Bencil insanları bir kenara bırakıp kendinize yönelin. Ne de olsa sevgi suistimale gelmez, zaten hak etmeyeni de salın gitsin.

NARSİST ERKEKLERİN GÜÇLÜ VE KENDİNE GÜVENEN KADINLARI HEDEFLEMELERİNİN BEŞ NEDENİ

Narsist kişilik kültürümüzde ön plana çıktıkça narsistler hakkındaki bazı yanılgılar da arttı. Narsistlerin "narsist arzuları" nı yenilemek için yalnızca zayıf veya güvensiz insanları hedef aldıkları bir yanlış anlamadır. Narsisizm, yüzeysel olarak, kibirlenme ve egonun bozulması gibi görünüyor, narsist özelliklere sahip olan erkekler, kendilerini bariz olarak aşırı öz güvenli, bencil ve gösterişli olarak gösterirler. Gerçekteyse narsistler hem çok kırılgan bir egoya hem de yaralanmış bir özbilince sahipken, aynı zamanda güçlü bir yetki duygusuna sahiplerdir. Öyleyse bu kadar derin güvensizlikleri olan biri, neden güçlü ve kendine güvenen insanlara çekilsin?

1. Narsistler, kendilerinin daha az değerli oldukları düşüncesine inanırlar. Bu yüzden bir narsist heyecanlı ve renkli bir yaşama sahip olan güçlü, öz güveni tam bir kadın gördüğünde ona doğru çekilir. Bu kadının sahip olduğu her şeye; çok sayıda arkadaşa, başarılı bir kariyere, çok paraya vb. sahip olmak ister. Kendini bu hayata sahip bile zannedebilir. Narsist, bu kişiye kur yaparak onu kazandığını, onunla bir ilişki kurduğunu ve başkalarına (ve nihayetinde kendisine) bu hayata layık olduğunu kanıtladığını düşünür.

2. Narsistler kendilerini herkesten üstün hissetmek ve bunu bir ilişki oyunu olarak görmek isterler. Güvensiz bir kişiliğe sahip oldukları için beslendikleri eşe karşı güçlü bir üstünlük hissine sahip değildirler. Narsist, güçlü ve kendine güvenen bir kadına kur yaparak ve sonunda o kadını "fethederek" nihai üstünlük hissine kavuşur. Narsist erkekler kadının güvenini kazandığında, davranışları değişir ve bu üstünlük hissini sürdürebilmek için kadını küçümsemeye başlar.

3. Güçlü, kendine güvenen kadınlar genellikle bol miktarda empatiye sahiptir ve bu da onların narsistlerin sıklıkla sergilediği manipülatif eğilimlere karşı daha toleranslı olmalarına fırsat verir. Narsistler bu hoşgörü ve sabırla beslenirler çünkü sezgisel olarak sınırları hem çok büyük hem de çok küçük şekillerde zorlayabileceklerini bilirler. Bir narsist, kadının kalbini ve zihnini istila etmek için nezaket ve empatiyi nasıl kullanacağını bilir. Bu yüzden kadının güvenini kazanması zor değildir ve böylece kadını örseleyip küçümsemesi kolaylaşır.

4. Çoğu narsistin farkında olmadığı derin bir çocukluk yarası vardır. Dünyada güçlü olduklarına inanmaktan hoşlansalar da gerçekte narsisizmleri, güçsüzlük veya değersizlik gibi derin duygulara dayanır. Güçlü, kendine güvenen kadınlar hayatın iniş ve çıkışlarıyla nasıl başa çıkacaklarını bilirler ve zor durumlarda bile, dünyanın narsistler dâhil herkes için daha güvenli hissetmesini sağlarlar. Narsistler, kendilerini güvende hissettikleri için kadını cezbeder. Çünkü erkeğin yanında rahat ve huzurlu olması kadında olumlu sinyal olarak algılanır.

5. Güçlü kadınlar narsist erkeklerin istediği her şeye sahiptir: güven, zekâ, etki ve içsel güç. Narsist (yanlışlıkla), bu olumlu niteliklere sahip kadının birinin yanında zaman geçirirse, eşinin gücünü neredeyse emebileceğine inanır. Narsist, kadının gücünün kendisine aktarılmadığını anladığında, tutumu değişir ve sizi küçümsemeye başlar. Bir narsistle ilişki içinde olabileceğinizi kabul etmek her zaman kolay değildir.

Ancak bu yazıyı okuyup aklınızda sorular belirdiyse oturup düşünmenin tam zamanı demektir.

NARSİSTLER SİZİ NASIL MANİPÜLE EDER?

Narsistler sadece aşk ilişkisi yaşadığımız insanlar olmayabilirler. Bazen ailemizden biri, arkadaşımız ya da yakın bir akrabamızdır. Önemli olan kim oldukları değil, bizim hayatımızdaki rolleridir. Size yalan söyleyen, söylediği yalana kendisi inanan biriyle ne kadar sevseniz de birlikte olmanız doğru ve sağlıklı değildir. Bunu bildiğiniz için artık kendinizi yeterince iyi hissetmiyorsunuz. Size zarar veren insanların etrafında olduğunuz sürece hayat yeterince zordur ve ne kadar önemserseniz kendinizi o kadar yıpratırsınız fakat başkası uğruna kendinizi yok etmeye hakkınız yoktur. Önceliğinize kendi iyiliğinizi koymalısınız.

Değer verdiğiniz birinden ayrılmak, bir aile üyesini uzakta tutmak, bir arkadaşınızı bırakmak veya kendinizi acı verici bir durumdan çıkarmak konularında gitmeye her zaman hakkınız var. Bir narsist tarafından psikolojik şiddete maruz kaldığınızın belirtilerini söylemek istiyorum:

1. **Duygularınızı bastırmanız söylendi:** Narsistler dünyadaki en iyi joker yüzüne sahip olan kişilerdir. Yapay oldukları için neyin onları rahatsız ettiğini asla bilemezsiniz. Çevrenizdeki insanların üzerinizdeki etkileri ya duygularınızı ifade edememenize ya da çok duygusal olmanıza yol açar.

2. **Size her şeyin nasıl göründüğünüzle ilgili olduğu söylendi:** Narsistler için önemli olan görünüşleri ve başkalarını nasıl etkiledikleridir. Dışarıdan her şey biraz fazla mükemmel görünür ancak kapalı kapılar ardında tamamen farklı bir hikâye vardır. Mükemmel senaryoyu yaratmaya çalışırlar ve mükemmel bir hayatları var gibi görünürler ve bu yüzden sizi

sürekli kontrol etmeye çalışırlar. Bundan etkilenen herkesin rolünü oynamasını ve resmi bozmamasını beklerler, kontrol etme istekleri bu yüzdendir.

3. **Yeterince başarılı hissetmiyorsunuz:** Etrafınızdaki narsist veya narsistler yüzünden hayatınızın her bölümünde başarılı olmanıza, çok çalışmanıza, işkolik olmanıza, en iyi notları almanıza rağmen yeterince iyi olmadığınızı düşünüyorsunuz çünkü başarınız için bir gülümseme ödülü yerine beceriksiz olduğunuza inandırılma ödülüne layık görüldünüz.

4. **Hayatınızda bir şeyin eksik olduğunu hissediyorsunuz:** Narsist sizi sürekli istismar etti, kullandı; sizi değersiz hissettirdi, bu yüzden içinizde eksiklik hissediyorsunuz.

5. **Kararsızsınızdır:** Birisi kendisini daha yüksekte hissetmek için sürekli olarak sizi küçük düşürüyorsa, artık kendinize tamamen güvenemez hâle gelirsiniz. Yanlış olduğunuzu bilseniz bile en ufak konularda kendi kararlarınızı vermekte zorlanırsınız

6. **Güvensizsiniz:** Size sürekli hatalarınızı göstermek isteyen; başarılı olduğunuzu, akıllı olduğunuzu inkâr eden bir narsist var hayatınızda. Onları tekrar tekrar duyduğunda kendin tekrar etmeye ve inanmaya başlıyorsun.

7. **Anksiyeteniz veya depresyonunuz var:** Asla yeterince iyi hissetmeme veya verdiğiniz kararların doğru olmadığı korkusu var. Kötü bir şeyin tekrar olacağından -buna sebep olan sizseniz-endişelendiğiniz sağlıksız ilişkiler korkusu var mı? İnce buz üzerinde yürüyorsunuz çünkü bu kişi hayal kırıklığını her an üzerinizden çıkarabilir.

Çağımızın en can yakıcı insan profili olan narsistlerin karşısındakini nasıl manipüle edip parmağında oynattığını anca yaşayan bilir!

NARSİSTLERİN YALNIZKEN SERGİLEDİKLERİ DAVRANIŞLAR

Başkalarına kötü davranan, empati ve şefkat yoksunu insanların iyi görünümleri gittiğinde ve geriye kalan tek şey boş bir kabuk olduğunda kendilerini değiştirene kadar sonraki yaşamlarında da şefkatsiz olacaklarına inanıyorum. Bize her zaman içeri bakmamız, birinin başkalarına nasıl davrandığını izlememiz, kalplerine ve ruhlarına bakmamız söylenir. Dışarıda ne olduğu gerçekten önemli değildir. Önemli olan içerisidir. Bir narsistin içinde ne var? Hiçbir şey, sıfır. Tüm hayatlarını başkalarını taciz ederek, ne yaptıklarını tam olarak bilmeyerek ve başkalarına neden oldukları acıyı tekrar tekrar düşünmeden geçirdiler.

Narsist; olgunlaşmamış, öfkeli, değişken ve kontrol bağımlısı bir bireydir. Hayatını ilişkiler kurmaya çalışarak geçirir. Ne yazık ki narsistlerin aradıkları bir ortaklık değil, tüm güce ve kontrole sahip oldukları bir diktatörlüktür. Sonuçta insanlar davranışlarından bıkıp onları terk ederler. Başarısız bir ilişkiler zinciri, zaten kırılgan olan egolarına zarar verir. Küfürlü ve alçakça davranışlarının sonucu olarak terk edilmiş olmaları onlarda derin yaralar açar. Narsistler hatalarını kabul etmek yerine suçu başkalarına atmayı tercih ederler. Malzemeleri tükendiğinde tıpkı malzemesi olmayan bir uyuşturucu bağımlısı gibi yalnız kalmakla baş edemezler. Kronik bir şekilde depresyona girer, sinirlenir ve hiçbir şeyden zevk alamaz hâle gelirler.

Dünya en büyük düşmanları olur, sosyal yaşamları varlığını yitirir, kimsenin onlara katlanamadığını görmeye başlarlar. Bir keşiş gibi dünyadan sık sık koparlar, bakım eksikliği ne kadar uzun sürerse güvensizlik ve paranoyaları o denli şiddetle artar. Narsist umutsuzca hiçbir şeye tutunmaz. Asla tanışmayacağı veya konuşmayacağı insanları takip etmek için sosyal medyada sahte profiller oluşturabilir. İnternette gezinmek, onlara herhangi birinden biraz ilgi çekme fırsatı verebilir. Kendilerine olan inançlarını kaybederler. Birbirlerini sevmezler ve kimse de onlardan hoşlanmaz, bu yüzden şöyle düşünürler: İyi olmanın anlamı nedir? Hayat onlara tam olarak hak ettiklerini, yalnızlığı ve çaresizliği geri verir. Bir zamanlar onlar için bir şeyler verenler çoktan gitmiştir. Kontrol edemeyecekleri tek şey zamandır ve bunu bildikleri için zaman öldürmek amacıyla boş boş yaşayıp hayatlarının sonuna gelirler.

Yalnız kalmak bazen iyidir, bazen dünyanın en leş duygusudur. Önemli olan o yalnızlıktan çıkmak için kime ihtiyaç duyduğumuzdur.

DAHA ÖNCE ÇOK ACI ÇEKMİŞ, YIPRATILMIŞ KADINI TAM OLARAK BÖYLE SEVMELİSİNİZ

Hayatında çok acı çekmiş olan bir kadını sevmek kolay değildir. Zayıf ve kırılgan biriyseniz, onu sevmeye bile çalışmamalısınız. Çünkü kırgın bir kadına duyulan sevgi; büyük bir azim, sabır, cesaret ve duygusal güç sınavıdır. Kalbi kırılmış bir kadın başlangıçta sizi hayatına almak istemeyecek, uzaklaştırmaya çalışacaktır. Geçmişte pek çok erkek tarafından hayal kırıklığına uğramıştır ve bir başkasına tahammül edemez. Hayatında çok acı çeken bir kadın, oldukça dağınık ve karamsar olabilen bir kadındır. Her zaman uygun şekilde davranmayacak ya da her zaman olmasını istediğiniz kişi olmayacaktır. Bazen çok hassas görünür ancak aynı zamanda çok güçlü, soğuk ve mesafeli olacağı zamanlar da olacaktır. Böyle bir kadınla her şeye hazırlıklı olmalısınız çünkü onun yanında nasıl davranacağınızı asla bilemezsiniz. Hayatınıza çok fazla zarar ve yıkım getirebilir ve bu anlarda fırtınayı atlatmasına yardım edebilmeniz gerekir. Öngörülemez çünkü yumuşak ve durgun bir yağmur olabilir ancak aynı zamanda bir kasırga da olabilir. Onunla birlikte olmak zorlaştığında onu daha fazla sevmeniz gerekecektir.

Terk edilmekten korkar, bu yüzden tüm gücüyle sizi uzaklaştırmaya çalışır ama bu dönemde sizin yapmanız gereken bu durumlara tahammül etmek olacaktır. O her zaman dünyadaki en açık insan olmayacak ve onu anlamakta gerçekten zorlanacaksınız. Güvensizliklerinden ve korkularından her zaman bahsetmeyecektir, bu yüzden nasıl hissettiğini anlamak için çaba göstermeniz gerekir. Size ihtiyacı olduğu anlarda, yardımınızı istemese bile ona bakabilmelisiniz. Çünkü bu iğrenç dünya ile tek başına yüzleşmek isteyen bir kadın sorunlarını ve endişelerini kendi başına aşma arzusuna sahip olacak. Bununla birlikte, her şeyden vazgeçeceği ve gerçekte ne kadar zayıf ve kırgın olduğunu anlayacağı anlar olacaktır. Gururunuza rağmen onu sevmeniz gerekecektir. İnatçı bile olsa siz onu sevdikçe iyileşecektir. Tamamen mantıksız ve öngörülemez olsa bile onun yanında olmaya hazır olduğunuzu ona göstermelisiniz.

Bunun nedeni, hayatında çok şey geçirmiş olmasıdır. Hayatın getirdiği tüm zorlukların üstesinden gelebilecek kadar güçlü olabilir ancak bu korku ve dehşeti hissetmediği anlamına gelmez. Cesaretini kendisine ve etrafındaki herkese kanıtlamak isteyecektir ama aynı zamanda, özellikle en çok korktuğu zaman, elinizi tutmak isteyecektir. Tökezleyip düşerse onu tutmak için orada olduğunuzu bilmek hoşuna gidecektir. Kendisine bakamayacağı zaman geldiğinde onu destekleyeceğinizi bilmek isteyecektir. Kendini güvende ve emniyette hissetmesini sağlamalı ve onun için doğru erkek olduğunuzu ona kanıtlamalısınız.

Erkek kadını yamacına alır, saçlarını okşayıp derdini dinler! İşte bu bazen hayalden öte olmalıdır. Çünkü bir kadını en çok güvende hissettirecek şey bu davranıştır.

İntikam alma gayretine düşme. Nefret de etmemeye özen göster. Bağırma. Ne kadar sorarlarsa sorsunlar tek kelime anlatma kimselere. Hakkında tek kötü bir şey düşünme. Neden mi? Sen bugünleri de geçirecek, atlatacaksın bacım lakin Allah hep kalbini temiz tutmayı başarabilmiş insanların yanındadır. Ama o bir daha asla senin gibi birinin yanında olmayacak. Her şeyi unut, bunu unutma tamam mı?

BİR NARSİST SÜREKLİ DÖNMEK İSTERSE NE YAPMALISINIZ VE ONU HAYATINIZDAN TAMAMEN NASIL UZAKLAŞTIRABİLİRSİNİZ?

Çoğu kadın ayrıldıkları narsist geri döndüğünde aynı hatayı yapar. Özellikle daha yeni ayrıldıklarında... Peki bu hatayı neden yaparlar? Çünkü ona hâlâ deliler gibi âşıktırlar. Şaşırtıcı olan da narsistlerin kendileri için kötü olduklarını ve sonunda üzülecek tarafın yine kendilerinin olmasını bal gibi bilmelerine rağmen kadınları narsist bir erkeğe çeken olağanüstü bir şey olsa gerek. Yalanları, boş vaatleri, "Değişeceğim,bir daha olmayacak." demeleri her zaman kadının hatalarından, onları kabul etmesi yerine kaçıp gitmesinden kaynaklanır. Onların dönme isteyişlerinin altında yatan tek gerçek, kendi hayatlarında bir şeylerin ters gidiyor oluşudur. Sizi kurtarıcısı olarak yükseltip inandırmaya çalışsa da inanmayın bu deli zırvalarına. Enerjisini sönümleyecekleri sen gibi güçlü kadınlara ihtiyaçları var. Bu, onların içlerinde yatan en büyük eksiği kapatmak içindir. İçlerinde aslında zayıf ve örselenmiş oldukları için dış maskeleri ile karşısındakine üstünlük kurup eksiklerini kapatırlar. Şimdiye kadar görevini on üzerinden onluk yerine getiren besleyicilerine yani kadınlara geri dönerler. Sonunda müthiş bir hüzünlü hikâye olur. Yaşattıklarının kırıcı, rencide edici, aşağılayıcı olduğundan pişman olup dönmediklerini anlarsın ama her şey için çok geç olur. Sizden başka kimse onu sevgi ile beslemediğinden dönerler. Siz ona değer ve emek verdiğiniz için dönerler. Size olan sevgisinden kahrolup, pişman olup dönmüyor ki. Açık açık seni sevmiyor, sadece seni kullanmak istiyor bu avanak.

Narsist biri seni asla ve katiyen sen olduğun için sevmez. Senin beklentilerin umurunda değildir, onun tek istediği senin ona güç ve sevgi pompalamandan başka hiçbir şey değildir. Senden başka kimsenin onu sevmeyeceğinden beklentisiz emindir. Narsistler insanları birer obje gibi görürler. İşlerine geldiği gibi kullanıp, oynayıp, kurcalayıp sonrasında da kaldırıp atacakları bir eşya olarak görürler. Anca sendeki sevgiyi ve enerjiyi tükettikten sonra başka birine giderler.

Unutmamalısın ki senin narsistin sana, seni sen olduğun için veya sevdiğinden asla geri dönmek istemez, ona verebileceğin bir şeylerin varsa ancak o zaman geri dönmek ister. İyi niyetin iliklerine kadar işlemiş. Narsist kusursuz oyunculuğunu sergilediğinden zannedeceksin ki pişman diye dönüyor. Her şeyi onarmak için geri döndüğüne inanacaksın. Onun düzeleceğini zannedeceksin ama bu asla gerçekleşmeyecek. Tam tersi bu sefer diğer kanadını da kırıp seni ortada bırakacak ve öylece arkasına bakıp gidecektir. Yoksa insan kendini neden kullanılmış hisseder ki?

Geri dönmek istediğinde senden özür dileyip, gönlünü almaya çalışacaktır. "Müsaade ver de her şeyi tamir edeyim." diyecektir. Ardından da sana kendisini acındırmaya çalışacaktır. "Sensiz hayat düşünemiyorum." gibi zırvalar ile karşına çıkacaktır. Sonra ona şöyle bir bakındığında gerçekten de kötü bir hâlde olduğunu düşüneceksindir. Oysa duygularını bir kenara koyup baksan bunlar bile bir oyunun parçasıdır ve önceden hesaplanmıştır. En son şunu düşünmelisin: Bana bu yaşattıklarının hepsi bilinçli şekilde yapılmış şeylerdi ve bunlar hayatta her şeyi göze almakla alakalıdır. Ve bu şerefsizlikleri bilinçli şekilde bile bile yaptı.

MÜHİM OLAN YORMADAN SEVMEK, GÜZEL SEVMEK!

Yaptığı şeylerin pişmanlığını iliklerine kadar yaşıyorsa uzun vadeli olmalı bu pişmanlık da. Sizi darlamıyorsa, baskı altına almıyorsa, sizin gerçektende iyiliğinizi istediğinizi zerre şüphe duymadan hissedebiliyorsanız, bu farkındalık noktasına anca siz tamamen ulaştığınızda ona tekrardan görüşme fırsatı tanıyın. Kendinden ödün vermesi şart! Her şeyden önemlisi bunu size zarar vermeden hissettirebilmeli. Seven biri tüm bunları yapar. Gerçekten seviyorsa ve sevdiğine değiyorsa geri kabul edileceği ihtimali yüzde bir bile olsa senelerce uğraşır. Çünkü anca o zaman sevildiğinizi bilirsiniz. Ortada hiçbir umut olmasa dahi sizin için olağanüstü çaba sarf ediyorsa sizi tekrar anca aşka inandırabilir. Sevginin ölçüsü her zaman çaba ve ilgidir. Seven biri kavuşamayacağını bilse dahi vicdanını rahatlatabilmek için tüm bunları yapar!

İşte buna vefa diyoruz. En tahammül edemediğim insan vefasız insandır. Ve en güçlü hissettiğim duygu vefadır. Asla unutmam.

SAKIN ARKANA BAKMA

Kendisiyle içine dönüp sohbet edemeyen insan gelişip olgunlaşamaz. Bir insan öfkeyi ve yalanı, sevgi ve dürüstlükten daha üstün tutuyorsa; o insanın zayıf düşüp yok olması bir zaman meselesidir. Duygu ve düşüncelerinizi olduğu gibi paylaşabildiğiniz bir tek insan varsa hayatınızda yalnızlık çekmezsiniz. Lütfen bu zenginliğin kıymetini bilin. Ömrünüzü sustuklarınızı duyan biriyle geçirin. Başkalarına ulaşmanın en kestirme yolu önce kendine ulaşmaktır, kendini sevmek ve saygı duymaktır. Kimsenin şüphesi olmasın; kendini bağışlamayı öğrenen, insanı bağışlamayı öğrenir.

Nasıl ki su ile ateş bir kapta toplanmaz, dünya sevgisi ile Allah sevgisi de bir araya gelmez. Bazen çok beklentide olmak, çilelerin en büyüğüne talip olmaktır. Kapasite meselesi, inanılmaz zor. Bilgi size güç verir ancak saygıyı karakterinizle kazanırsınız. Belki de bu hayatın size kattığı en güzel şeylerden biri! Sen boşversene, yetiştiğin sadece nasibindir. Kalite mütevazılığınızla, nezaketinizle alakalıdır. Kalite asla tesadüf değildir! Kalite, kapasite ve nezaketin sırrı... Kaybetse de kazanır sonunda!

Gitmemiz gereken insanlarda fazla kaldık,
bu da bizim hatamız.

GERİ GELMEYECEK BİRİNİ BEKLEMEK NASIL BİR DUYGUDUR BİLİR MİSİNİZ?

Toksik bir ilişki sonrası sizi o kadar yıprattığı yetmiyormuş gibi her şeyin üstüne bir de terk edip gitmiştir. Siz her hatasını affedersiniz, onu mutlu etmek için elinizden gelen her şeyi yaparsınız ama çabalarınızın hiçbirini hak etmeyen partneriniz kalbinizi kanata kanata gider. Sizin bu ilişkideki belki de tek hatanız sevmek değil, sevmeye layık olmayan birinden sizi sevmesini beklemektir fakat size dönmesi ihtimaldir ve dönerse diye beklemeye başlarsınız. İçinizdeki yalnızlık o kadar büyür ki sevilmeyi beklerken beklemeyi seversiniz.

Korkmayın, her kışın yüreğinde titreyen bir bahar, her gecenin peçesinin ardında da tebessümle bekleyen bir şafak vardır. Yani aslında sizden, sizi üzdüğü için gider ama eksik yönlerini tamamladığında, içinde sizi üzemeyecek kadar fazla sevgi tamamen oluştuğunda size dönecektir. Umudunuzu asla kaybetmeyin, "Artık bitti, asla geri dönmez." demeyin çünkü artık umulacak bir şey olmadığını bilmek, beklemeye devam etmeyi engellemez.

"Ah bir gelse, ne kadar mutlu olurum." düşüncesindesiniz ve bu yüzden umutla bekliyorsunuz biliyorum. Bazı insanların varlığı mutlu eder, bazı insanların ise yokluğu. Giden ve dönmek isteyen partnerinizin hangisi olduğuna dikkat edin. Geri dönmek istediğinde pişman olduğunu, her zerresinin sizi hak ettiğini anlayana kadar bekleyin, gözlemleyin. Sizi yeniden saçma sapan, zehirli, yorucu bir ilişki ateşinin içine atacaksa gelmemesi çok daha iyi fakat eskiden yaptığı hataları tekrarlamıyorsa, yeni hatalar yapmaktan ve sizi incitmekten çekiniyorsa üstelik bunu uzun süredir yapıyorsa affedebilir, bir şans daha verebilirsiniz fakat bir süre iyi davranıp eskiye dönecekse, yine umursamazlığı tutacaksa gelmesin daha iyi. Unutmayın, siz beklemeyi bilirseniz hiçbir şeyden taviz vermenize gerek yoktur. O kadar bekledikten sonra sonucun yine sizi üzmesine izin vermeyin lütfen, yolunuza size değer veren insanların çıkması dileğiyle.

"Neden?" diye sorup kafa patlatmaya hiç gerek yokmuş. Öyle yaptı çünkü onu yapmayı tercih etti, yanlış yapmaktan çekinmedi çünkü önemsemedi. Bazı şeyler sadece tercih ve değer verme meselesi, hepsi bu...

ALDATMAK NE ZAMAN ALDATMAKTIR?

Aldatmak ilişkinin son bulmasının açık ara en önde gelen sebebidir. Peki aldatmak bir sebep midir? Yoksa ters giden şeylerden kaynaklanan bir eylem midir? Cevap: Hayır. Bunun asla sebebi yoktur. "Ne yani tartıştık, ben de çok mutsuzdum, mutlu olmak için başka birileriyle cilveleştim..." Ah, çok masum savunma değil mi? Seven adam tartışmayı bırakıp gitmez, ters giden bir şeyleri düzeltmek ve sevdiğinin yüzünü güldürmek için elinden geleni yapar. Ters giden bir şey varsa da erkek sonuna kadar dosdoğru gitmelidir yolunda.

Aldatmayı nefsi müdafaalaştırmak kesinlikle doğru değil ama aldatmanın gerçekleşmesini gerektiren sebepler var mıdır? Aldatmanın sebebi yoktur, bahanesi yoktur, affedilmesi için gereken bir sebep yoktur. Ne yani adam kadını aldatacak, sonra "Pişmanım, bir anlık nefsime yenik düştüm." mü diyecek? Böylelerinden de intikam almak için uğraşa da girmeyin sakın. Bırakın gidin, arkanıza bile bakmayın, vicdanı onunla yalnız kalınca tüm cezayı kesecektir.

Aldatmak nedir? Biriyle konuşmak mı, yazışmak mı? Flört etmek de aldatmak mıdır? Yoksa gerçekten biriyle öpüşmekle, cinsel temasla mı başlar? Ne anlamı var ki bunların! Sizle ilişkiye başlarken "Ben dünya üzerindeki tüm kadınların cenaze namazını kıldım." dedikten sonra başka kadına farklı gözle bakması ya da farklı ses tonuyla konuşması bile aldatmaktır. Erkek madem her şeyde net olmayı seviyor bunda da olacak. Öyle açık kapı bırakmayacak, bırakırım diyorsa da siz kapıyı ona gösterin.

LOVE ENAYİSİ

Yarınlar geç kalmakla meşhurdur. Her şeyi zaman varken yapmak gerek. Geciktirilmiş sözler, askıya alınmış hayaller, ertelenmiş itiraflar, gerçekleştirilmeyen buluşmalar... Umarım bir gün ona pişmanlık olarak geri dönmeden önce, yani henüz vakit varken sizi erteleme huyunu terk eder. Bir şeyi ertelemek bazen de hakkını başkasına devretmenin kendisidir. Sizi yeterince sevmiş olsaydı onun önceliği siz olurdunuz.

Belki de aklında sizden daha önemli şeyler vardır. Aklında olsaydınız sizi arar sorardı. Sizin ona hâlâ aklınızda ve kalbinizde olduğunu hissettirdiğinize eminim. Siz onun yanında olup her şeyi onla birlikte yapmak istediniz. Onla huzurlu olmak, gülmek, eğlenmek, gezmek... Beyefendi ise kendine başka şeyleri öncelikli kıldı.

Böyle erkekler çok var ilişki içinde. Madem ciddi ilişkinin sorumluluklarını alamayacaksın neden ilişki yaşıyorsun? Bırak kız kendi başına ya da arkadaşları ile mutlu olsun. İlişki isteyip, kızın hayatına girip, onun yaşamına bu kadar köstek olmaya hakkın yok.

Ömrünüzü sustuklarınızı duyan biriyle geçirin!

Güzel insanlar, bir şeyi asla unutmayın.
İnsan kalbinde ne taşıyorsa en çok ondan kırılırmış
ama en çok da ondan vazgeçemezmiş.
Kendime ara ara şunu hatırlatıyorum:
"Tek başınasın... O yüzden hiçbir şeyden pişman
değilim ama bir daha yapmayacağım şeyler
konusunda netim.
Ne olursa olsun sonunda yol aynı yere varıyor.
Düşenin dostu olduk, düşen düştüğünü inkâr etti."
Bazen de kaybederek kazanırsın kalbi güzel insan!

SEXTING

"Sexting", İngilizceden gelen ve şimdilerde kullanımı bayağı yaygın olan bir kelimedir ve uygulanmasının daha fazla yayılmasından korkuyorum açıkçası. Unutmayın ki bugün iyi olduğunuz insanlarla yarın kötü olabilirsiniz ve bu insanlar gönderdiğiniz şeyleri size karşı bir koz, tehdit aracı olarak kullanabilir, size daha fazla şey yaptırabilirler. "Gönder" butonuna bastıktan sonra geri dönüş yoktur, artık yapmanız gereken tek şey ileride sizi bunlarla tehdit etmesin diye dua etmektir. Size namusu, helali gözüyle bakan, sizinle ciddi düşünen biri sizden asla böyle şeyler istemez. Ayrıca kendinize sormanız gereken bir soru var, o da şu: Bunları ilk sizden mi istiyor? Hiç zannetmiyorum. Siz ona özel fotoğraflarınızı gönderdiğinizde minicik beyni "İlk bana atmamıştır, bedenini kim bilir başka kimler gördü?" diyecek ve size helali olarak bakma ihtimali iyice azalacaktır.

Siz, istediği fotoğrafı atarsanız sizden kopmaz, daha çok bağlanır diye düşünürsünüz ama belki de arkadaşlarına gösterip hava atıyordur bilemezsiniz ki. Düşünsenize "Kimseye gösterme ve hemen sil." diyerek bir arkadaşına gönderiyor; o arkadaşı yeminler ederek, sözler vererek göstermeyeceğini belirtiyor fakat siz bilmeden herkesin birbirine söz verdiği yirmi kişi özel fotoğraflarınızı görüyor. Sonradan kendiliğinden silinebilen fotoğraflar bile gönderseniz karşı tarafın ekran görüntüsü alabileceğini unutmayın lütfen.

Tabii ki bu tarz fotoğrafları başkalarına göndermek, internete yüklemek yasak ama başkaları gördükten sonra yasak olsa ne olur olmasa ne olur. On sekiz yaşından küçüklerin böyle açık saçık fotoğrafları selfie yaparak birilerine göndermesi suç, daha büyük bir suç ise birinin size gönderdiği özel fotoğrafları başkalarına iletme zincirini kurmanız. Tüm bu uyarılarıma rağmen yine de yapacaksanız en azından yüzünüzü göstermeyin. "Ben değilim."savunmasını yapabilirsiniz en azından. Ayrıca fotoğrafta siz olduğunuzu belli edecek, sizi hedef gösterecek başka bir eşya olmasın.

Sexting çok popüler ve çok heyecan verici ama inanılmaz derecede tehlikeli çünkü kaderinizi başka bir insanın ellerine kendiniz teslim etmiş oluyorsunuz. İki kişinin bildiği hiçbir şey sır değildir. Ayrıca karşınızdaki insanın gözünde "kısa süreli" iltifat edeceği biri olursunuz ama uzun vadede basitleşirsiniz.

O sizi kendinizden vazgeçirecek noktaya getirdiği için teşekkür etmelisiniz kendisine. Tüm yaşanmışlıkları bir çırpıda silebilecek duruma getirdiği için özellikle de. Çünkü o noktaya gelmemek için, kimbilir ne kadar direndiniz, eminim bir siz bilirsiniz bir de Allah bilir. Aslında bu noktaya önceden de gelebilirdiniz ama siz sürekli kendinize engel oldunuz. Sürekli kendinize bahaneler buldunuz ve sonunda bitirdiniz her şeyi. Artık daha güçlü bir kadınsınız. O verdiğiniz değeri, çabaları hiçe sayacak kadar acizse, hesaba katmalı ki siz de yaşanmışlıklara acımayacak kadar gururlusunuz.

BİZE İNANDIRICI GELMESE DE BENCİL OLMAYAN İNSANLAR VARDIR

Her zaman sadece kendini düşünmeyen, başkalarının iyiliği için çabalayan insanlar vardır ve onlara "empat" denir. Empatlar, var oldukları her gün için Allah'a şükretmemiz gereken insanlardır. Bazen onlardan hak ettiğinizden fazlasını bile alırsınız çünkü empatilerinin başkalarına bir şey vermesi çok doğaldır. Kalpleri sürekli kırılmış olsa bile tabiri caizse melek gibi insanlardır. Kimseye zarar vermek, kimseden intikam almak istemezler. "Sana bıraktım Allah'ım!" diyerek susarlar sadece. Şimdi, böyle bir kişi tarafından sevilmenin nasıl bir şey olduğunu hayal edin. Bu bir rüya olurdu değil mi? Empatlar sahip oldukları her şeyi sevdiklerine vermek isterler. Sevdikleri kişiye özverili bir şekilde sevgilerini, zamanlarını verirler ve hafife alındıkları için duygularını geri çekmezler.

Bir empatın kalbi adaletsizlikler, eşitsizlikler, diğer insanların kötülüğü ve başkaları tarafından incitildiği için sürekli kırılır. Bazıları empatların incinmeye alışkın olduğuna inanır ancak hiç kimsenin alışamayacağı tek duygu acıdır. Empat insanlar zarar gördüklerinde acılarını, duygularını karşı tarafa yansıtmazlar; bu yüzden empatlardan zarar göreceğinizi düşünerek endişelenmenize gerek yoktur. Dünyada var olan acının çok farkındalar ve bu yüzden kalbinizi korumak için mümkün olan her şeyi yapacaklar. Aldatılmaktan, sizinle temasa geçmeyeceklerinden veya benzer şeyler konusunda endişelenmenize gerek yok çünkü empatlar ihtiyaçlarınızı her zaman kendilerinin üstünde tutarlar. Kırıldıklarında sadece bir süre sizden uzaklaşırlar çünkü onların tekrar iyileşmeleri ancak kendileriyle olur. Yaralarını kendisi saran insandan ne kimseye zarar gelir ne de o insan herhangi bir insana minnet eder. Empat insanların minnet ettikleri tek kişi Allah'tır, ne olursa olsun umutlarını ve Allah'a olan inançlarını asla kaybetmezler fakat siz yine de zarar gördüklerinde onları yalnız bırakmayın ki daha güçlü hissedebilsinler. Onlara biraz zaman tanıyın ama onların yanında olun. Onlara yalnız olmadıklarını gösterin çünkü böyle bir anda onlara bakacak birinin olduğunu bilmeleri gerekir. Empattan aldığınız sevgiyi, ilgiyi zor zamanında ona gösterin. Size her şeyin yolunda olduğunu ve yalnız olmadığınızı söyleyecek birini bulamazsanız, kalbinizi kapatırsınız ve size tekrar yaklaşması neredeyse imkânsız hâle gelir. Şu anda yapabileceğiniz en bencilce şey, onlar için savaşmamak olacaktır. Böyle birinin kalbini kilitlediğini görünce pes etmeyin.

Deneyimsiz gözlemciler empatların kolayca sevebilen insanlar olduğunu düşünürler fakat bu düşünce yanlıştır çünkü empatlar çok sık incindiğinde, sevgilerini yanlış insanlara çok sık verdiklerinde, incindikten sonra kalplerini kilitlemeye meyillidirler. Çünkü bir empat, uzun süredir kilitli kalan kalbini açmayı seçerse, bu kadar uzun süredir geride bıraktığı tüm sevgiyi alan kişi siz olursunuz. Empatlar insanları severler ama her zaman insanların yanında olmak istemezler. Ne kadar acı verici olursa olsun, empatlar her zaman gerçeği seçecektir. Yalan söylemekten ve kandırılmaktan nefret ederler. "Yalanla teselli etmektense gerçekler tarafından incitilmek daha iyidir." ifadesine tamamen katılıyorlardır. Empatlar gerçeğe değer verdiği için size asla yalan söylemezler. Empatlarla birlikteyken her zaman güvende hissedeceksiniz.

Bütün güzel şeyler kursak denen yerde tıkanıp kalıyor işte. İyi olmak ya da çok sevmek yetmiyor bazen. Derim ki her zaman bize küçükken masumluğu anlatan o masalları yalnızca ben mi okudum? Bu insanlar iyilikten, nahiflikten uzaklar; hem de çok. Onlara karşı iyi olmak benden bir şey kaybettirmez ama onlardan çok şey alır. Sonunda yüreğimde sevgi ile diz üstü düşmüş gözyaşlarımı silerken buldum kendimi. Bir şeyleri alttan aldığımı sanmıştım. Aslında bir şeyleri her alttan alışım beni üzene ödül, kendime de verdiğim en büyük cezalardan biriymiş.

BENİM HİKÂYEMİN BAŞLANGICI

Göknur beni her yerden engellemişti, Instagram'da yazmaya başladım belki bir gün beni okur diye. Bazen onun tanıdığı birileri yazdıklarımı görür, ona söyler, o da gizliden beni okur diye, yaşadığı şehre sponsorlu paylaşımlar atıyordum. O zamanlar yüz takipçim ya var ya yok. Yaşadığı şehir Almanya'da olduğu için, paylaşımlarım genelde Alman kişilerin sayfasına düşüyor ve amacıma bir türlü ulaşamıyordum. Zaten bizim hikâyemizi tek tük birileri biliyordu.

Bir gün Eskişehir'e tatile gittiğini duydum. Rüyamda biri ile tanıştığını, başkasına âşık olduğunu gördüm. O günkü sponsorlu paylaşımımı Eskişehir'e attım, gözlerim kapanana kadar uzun uzun hissettiklerimi yazıp uyuyakalmışım. Sabah uyandığımda paylaşımımı yüzlerce kişi beğenmiş, onlarca "Çok güzel yazıyorsun." diye mesaj gelmişti. Çok gururlanmıştım ve hoşuma gitmişti bu durum.

O gece yine yazdım ve yine Eskişehir'e attım sponsorluyu. Meğerse Es Es üniversite şehriymiş bilmiyordum bunu ben. Bir sürü yazan oldu yine. "Sen hep yaz." diyenler. "İç sesimsin." diyenler vardı aralarında. Hatta biri hiç unutmam: "Sana bunları yaşatan kadına sesleniyorum buradan, iyi ki varsın, sen olmasaydın biz bu adamı asla tanıyamayacaktık." yazmıştı Sibel Cengiz isminde bir okurum. Şaka maka bir yana takipçi sayımda bin iki yüzlere filan çıkmıştı. Bana sorsanız ki en çok bininci takipçinde mi yüz binincide mi heyecanlandın; inanın bininci takipçimde daha çok heyecanlanmıştım. Bu ara o takipçim Göknur için "İyi ki varsın, sen olmasaydın biz bu adamı tanıyamazdık." dedi ya o yüzden de ilk kitabımın adını *İyi ki Yoksun* koydum. Her şeyde vardır bir hayır dedikleri belki de tam da buydu. O beni okur derken, Rabb'im beni sizler ile tanıştırdı. İyi ki de tanışmışız,"iyiki"msiniz sizler. O beni okudumu inanın bilmiyorum, bu yazdıklarımı mesela okur mu? Bilmiyorum. Ben hep ona yazdım, siz kendinize yakıştırdınız. Siz benim yazdıklarımı okudunuz ben ise yaşadıklarımı yazdım. Ben çocukken de hep yazardım, günlük tutardım. Ama sanki halkın bu denli sahiplendiği bir kitabın kaderinde varmış, yazarının yeterince sınanması. Benim hikâyem işte tam burada başladı...

Sanki böyle bir gelenek varmış gibi her yazarın hikâyesi kaybettiği yerde başlarmış. Göknur beni terk etmiş, her yerden engellemişti. Instagram'da yazmaya başladım, belki bir gün beni yanlışlıkla okur ya da bizi bilen birileri ona "Bak Hakan sana ne yazmış..." der diye anılara dolduruyordum hissettiklerimi. Çocukken de severdim ben yazmayı, günlüğüm vardı. Ama iyi bir yazar olmak için tertemiz bir hayal kırıklığına uğratılman, işin olmazsa olmazıymış meğerse.

GÖZE ALABİLEN KAZANIR

Allah Göknur'u bana nasip etmekle nasip etmediği diğer tüm şeyleri telafi etmişti çünkü o kaderimi tepetaklak eden, beni benden alabilen tek kadındı. "Göze alabilen kazanır." Çocukluğumdan beri kulağıma küpe ettiğim bir cümledir bu çünkü göze alabilen, büyük kaybedişlerin sonunda bile kazanır. Kalbini ortaya koyamayan asla galip gelemez! Göknur gibi eşsiz bir ruha sahip kadın tarafından sevildiğim için Rabb'ime her gece dua ediyordum çünkü şüphesiz Allah'ı anmak beni ferahlatan tek şeydi. Onun kalbine girebilmenin bir yolunu sonunda bulmuştum, onu dünyadaki tek kadınmış gibi sevmemin yanı sıra başka birinin yanında daha mutlu olabileceği düşüncesini bertaraf etmeliydim, onu bu dünyada kimsenin benim kadar sevemeyeceği gerçeğini gözüne soka soka ve anbean ona ta iliklerine kadar hissettirmeliydim. Sanki Göknur'u sıvı hâle getirip günün her saat başında, yüksek dozda bana enjekte eden sıradışı bir güç vardı. Belki de kaderimin değişeceği nokta tam da burasıydı ve üzerime düşen tek şey yeterince sabretmekti. Sabretmenin sadece bekleme becerisi değil de daha çok beklerken doğru davranış becerisini sergilemekle alakalı olduğunu şükürler olsun ki hayat bana çok erken öğretmişti. "Hasbelkader" dedikleri şey bu olsa gerek. O bana çoktan karışmış, benim bir parçam olmuştu.

Ümit Yaşar hayranıyım ben, belki de onun açık ara en büyük hayranı. "Seni benden alan kader ölsem vermem diyor, rüzgârların bir esiyor nefesimi kesiyor." şarkısını binlerce kez dinlemişliğim var o denli yani. Alın yazısında alnımıza ne yazıldıysa her şey ondan ibaret çünkü nasiple kavga edilmez. Sadece iki şeyden eminim: İmtihandan geçmeyen Love'ın saman alevi olduğuna ve olur da kader onu benden almış olsaydı bir parçamı onda bırakacağıma, onun da bir parçasını ömrümün sonuna kadar kendi ruhumda taşıyacağıma. Nakış nakış işlemişti bu içime. Ona yaşattığım tüm güzelliklerde ayrıcalıklarda kendini özel hissettirmemde ona, beni güzel hatırlaması için bir anı olarak kalacaktı.

Belki bir gün biri çıkıp ona, onu sevdiğini iddia edecektir, bilemem orasını ama çok güvendiğim bir cümle var: Bazen insan sadece bilir, nasıl bildiğini bilmez ama bilir mi bilir! Ben biliyordum, onun bir daha hiç kimsenin asla ve katiyen masumca bir gülümseyişi uğruna tüm gençliğini ayaklarının altına seremeyeceğini. Bende kalacaktı yüreği, zerre şüphem yoktu bundan. Olur da bir gün onu sevmeye cesaret edebilen bir delikanlı çıkarsa bu bilgiyi, alsın şimdi nereye koyarsa koysun! Her gün, hayatımın sanki son günüymüş gibi seviyordum Göknur'u. Bence bir kadını en güzel sevme biçimi budur çünkü kendimce bu dünyada sevilmeyi, açık ara en çok hak eden kadın oydu. Beniyse Cenabıhak karşısına alacaklarını onun adına tayin etmem için çıkarmıştı, ben kendimi tamamen bu düşünceye adapte etmiştim. Tek bir amacım vardı, o da Göknur'u ömrümün sonuna dek sevebilmekti. Onu severek ölmeyi her şeyden çok istiyordum. Ona her gün yeni bir anlam yüklüyor, tüm bunları sırf, hayat bu, olur da başıma bir iş gelirse ya da kader onu benden alırsa, beni güzel hatırlasın diye yapıyordum. Kendimi durduramıyordum, ne yaparsam yapayım ona az bile diye düşünüyordum. Elimi durduramıyordum, ona en güzel mesajları yazmaya gidiyordu elim, böyle beşli günaydın mesajları falan değil ha... Ayaklarımı durduramıyordum, ona yürüyordu, sırf yüz metre uzaktan on saniye onu göreyim diye yüz elli km yol yapıyordum. Cennetin fragmanı gibiydi. İçimi durduramıyordum ona gidiyordu, kime ne? Başucumdaki resmini öpüp, ona dua etmeden yatmadığım tek bir gecem bile olmadı benim. Ne yapsam onu sevmeyi durduramıyordum. Bir gün sevdiğimiz her şeyi kaybedeceğiz, insanlar buna "ölüm" diyor. Onu kaybetmekten korkuyordum. Daha onunla Duman konserine gidecektik; bağıra çağıra, gözlerinin içine baka baka "Seni kendime sakladım." diye bağıracaktım. Büyüleyici gözleri ve çok derin bakışları vardı, en sevdiğim onun gözlerindeki ışıltıyı yakalamaktı. O an mutluydu, onu mutlu etmeyi başarabilmiştim. İyi ki vardım, Allah tam da bu yüzden beni onun karşısına çıkarmamış mıydı?

Keşke Love'ın kurallarını ben koyabilseydim. Bir kadının gözyaşlarını tebessüme çevirebilmeyi başarabilen adam onu bir ömür boyu kaybetmeseydi, bunun için sahip olduğum her şeyi gözümü dahi kırpmadan verebilirdim! Keşke ruhu elle tutulur bir şey olsaydı ve onu sürekli yanımda taşıyabilseydim, o varsa her şey tamam o yoksa her şey yalan dedikleri yerdeydim. Olması gerektiği içindi yaşadığımız her bir şey, olur veya olamaz zerre kadar bile fark etmiyordu. Bazen kadere teslim olmaya niyetin yoktur ama hasbelkader bu, başka çıkar yolun olmuyor. Bazen hayat böyledir, kaderine yenik düşmeye mahkûmsundur. O seni ne yaparsan yap yine de teslim alır.

Birlikte her şeyi yenebilecekken kaderimize tepetaklak yenildik, olur da bir gün bu yazdıklarımı okuyup içinden bana yazmak gelmesine rağmen kendini durdurursan, içinden "Ben de özledim." demek gelmesine rağmen sadece yutkunmakla kalırsan sana hakkımı helal etmem. Bana, "Delisin sen." demiştin, bunun altında yatan tek gerçeğin deli olduğum değil, her bir şeyi doğru yapıyor olmam olduğunu sen de gayet iyi biliyorsun. Kalbine şunu da not düşmeyi unutma: Kadınlar en çok alınlarından öpülmek isterler çünkü onlara göre bu, gerçek sevginin bir ispatıdır, bense seni kalbinden öpmeyi tercih ediyorum. Beni her daim imkânsızlıklara rağmen yarattığım şu farkındalıklarla; mücadeleci ruhum, koruyucu içgüdüm ve sadakatimle hatırlaman dileklerimle.

"Göknur'dan gidiyordum, biliyordum ki bir parçamı orada bırakmıştım. Onun da bir parçası bende kalacaktı.
Ne yapsam bitmiyor, durduramıyordum içimde sevgiyi.
Ben, "ben" olmaktan çıkmıştım çoktan.
Artık yavaş yavaş özlemeyi sonra da sevmeyi bırakmalıyım. Umarım bunu yapabilirim..."

SARSILAN GÜVEN TEKRAR YERİNE GELİR Mİ?

Sarsılan güven gerçekten yerine gelir. Yanlış bir insanın yaptığı hatayı da doğru insana ödetmemeli insan. Güven, sağlıklı ve mutlu bir ilişkinin en önemli unsurudur. Yalnızca bir duygudan ibaret değil. Dürüstlük, tutarlılık, sadakat, yakınlık, bağımlılık gibi pek çok kavramdan oluşan çok geniş kapsamlı bir olgudur.

Bazen güvenimiz kırılır ya da biz buna "Güvenimiz kırıldı." deriz. Aslında bir kişi yüzünden bazen insan içindeki kırılmış şeyleri bitirmemeli. Doğrusunu yapmalı mesela iyileştirmeli, tamir etmeli, onarmalı zira güvenin olmadığı bir yerde kaos ve mutsuzluk oluşur. Ve hayatı mutsuz geçirmeye değmez. Yitirilen güven tekrar yerine gelir, yaşadım ve gördüm, insan tekrar iyileşir tekrar. Hayata bağlanır, insanın içindeki o umut tekrar iyileşir. Güven çok önemli, eğer güvenebiliyorsanız kendinizi iyi hissedersiniz, mutlu olursunuz. İnsan güven duygusuna karşı tekrar bir yelken açmalı ki bir şeyler tekrar canlansın. Unutmayın ki mutluluğun en güzel kaynağı içimizdeki güven duygusudur.

BEN BENİM İÇİN SAVAŞMANI İSTEMİŞTİM, SEN İSE GİTMEME GÖZ YUMDUN!

Sevgili sevmeyenim;

Dün gibi aklımda senle bitirdiğim an... Bir yabancı gibi bana bakışlarını asla unutmayacağım. "İyi sen bilirsin madem öyle ayrılalım, sıkıntı yok, kararına saygı duyuyorum." deyişin bir an olsun aklımdan çıkmıyor.

Kılını dahi kıpırdatmadan beni kalmam için ikna edebilecek hiçbir girişimde bulunmadın. Yaptığın hayvanlıklar yerine özür dileyeceğine üstüne kendini canla başla kendini haklı çıkartmaya çalıştın. Oysaki tek bir geçerli sebep sunsaydın muhtemelen kalmaya ikna olacaktım. Kararımı dünyanın en normal şeyiymiş gibi kabullendin. Belli ki sana kimse bir kadın içten içe kırıldığında,"Git, istemiyorum seni." dediğinde asıl demek istediği şeyin "Ben yoruldum, ne olur biraz da sen bizim için mücadelè et." demek istediğini öğretmedi.

Beni hiç senin olmamışım gibi terk edişimin affı yok. Ben sana inanmıştım, bunu tüm kalbimle söylüyorum. Fakat bu cümle aşağılık, kirli dünyanın en acı verici cümlesiymiş.

Doğru yolu anca arkanda bıraktıklarını
umursamamaya
başladıktan sonra yürürsün...

ALFA KADINI NASILDIR, NASIL OLMALIDIR?

Alfa kadınının bakışları bir erkeği etkisiz hâle getirebilecek kadar güçlüdür, kusursuz bir güzelliği, derin ve anlamlı bakışları vardır. İhtiyaç duyduğu vakitlerde bu özelliğini kullanmayı fazlasıyla iyi bilir. Fiziksel özellikleriyle yani bakışıyla, kokusuyla, ses tonuyla, dokunuşlarıyla karşısındaki erkeği büyülemekte hiç kimse eline su dökemez. Alfa kadınıyla sadece sevgili olmak, belirli şeyler paylaşmak yerine onun, her deliliği birlikte yapabileceği bir arkadaşı olursanız kazanan siz olursunuz. Alfa kadını; kültürlü, espri anlayışı son derece yüksek, her ortamda istemesine gerek kalmadan tüm dikkatleri üzerine çekmeyi sadece ortamdaki varlığıyla bile başarabilen kadındır. Huzursuz olduğu, onu geren, enerjisini sömüren ortamlardan mümkün olduğu kadar uzak durur.

Alfa kadınını kısıtlamayı aklınızın ucundan bile geçirmeyin çünkü özgürlüğüne çok düşkündür, tersine onun özgürlüğüne saygı duyar, şüpheci davranmaz, rahat bir şekilde kendi hâline bırakırsanız sizden hoşlanır çünkü o nerede ne yapması gerektiğini, ne istediğini çok iyi bilen bir kadındır ve ona bir şeyler yapmamasını söyleyerek kısıtlamamalısınız.

Alfa kadını akvaryumda nazlı nazlı yüzen süs balığı değildir aksine sevdiği insanla derin okyanusları keşfetmek için yaratılmıştır. İç dünyalarını öyle herkese açmazlar, arkadaşları bile sayılıdır, elit ve kültürlü insanlardır. Etrafındaki insanları denedikleri gibi sevdikleri insanları da imtihana tabi tutarlar ama ilişkilerinde yaptıkları imtihanlarda daha fazla ince eleyip sık dokurlar çünkü onlara göre imtihandan geçmeyen sevgi saman alevidir. Alfa kadını sevdiği insana karşı çok fedakârdır, sevdiği adamı mutlu etmek için yapmayacağı hiçbir şey yoktur, normal hayatında olduğu kadar aşk hayatında da çok cesurdur. Kolay kolay vazgeçmez sevdiğinden çünkü vazgeçtiği an asla geri dönmeyeceğini bilir ve ilişkiyi ayakta tutmak için savaşır. Kısacası alfa kadını, vazgeçmek zorunda olduğu için ayrılır çünkü bir erkeğin alfa kadınını kaybederken onu gerçekten kaybetmek istediği için incittiğini bilir yoksa sevgisi öyle kolay bitecek ya da yanındaki adamdan hemencecik sıkılacak bir kadın değildir. Gurur alfa kadını için her şeydir bu yüzden dönmeyeceği adamdan gitmek yerine düzelmesi için çabalar ama zarar göreceğini fark ettiği an adamının gözünün yaşına bakmaz, mantığı sevgisini bastırır ve çekip gider.

Alfa kadınıyla birlikte olan erkek asla sıkılmaz çünkü alfa kadın "adrenalin manyağı" cümlesinin vücut bulmuş kanıtıdır, macera doludur bu yüzden ona bir kere alışan erkek aklını ondan alamaz. Canını acıtan insanlara meydan okur, intikamını alana kadar canlarını yakmaktan asla çekinmez o yüzden alfa kadınını kıran insanların vay hâline. Son derece zeki, çalışkan ve mücadeleci olan alfa kadını kendisi gibi olan, arkasında değil de yanında yürümeyi becerecek bir adamla birlikte olmak ister. Çılgınlığı seven, gözü yeterince kara, onun uğruna gerekirse her şeyi ve herkesi karşısına alabilecek kadar cesur ve güçlü bir erkek alfa kadını için bir numaralı erkektir. Alfa kadını çok çekici olduğu için diğer kadınları saf dışı bırakmak ona büyük zevk verir çünkü onlarla yaptığı rekabetin sonucunda kazanmak, bir şişe şampanya patlatmayı ihmal etmemek ruhunu tatmin eder.

Asla rastgele âşık olmaz, prensipli kadındır ona kapılmaya meyilli olan erkekler egosunu tatmin eder ama sırf bu yüzden hiçbiriyle konuşmaz, aşık olması için belirli kriterleri vardır. Kafasına bir şeyi koyduysa başarana kadar durmaz, mükemmelliyetçidir. Seksi görünmeye, bakımlı olmaya önem verir bunun için illa pahalı, süslü ya da açık kıyafetlere ihtiyacı yoktur tesettürlü hâliyle de gayet bakımlı ve göz kamaştırıcı olabilir. Nadide bir güzelliği olduğu için sporuna, beslenme tarzına çok önem verir. Âşık olduğu zaman umursamayarak, âşık değilmiş gibi davranarak karşı tarafı muallâkta bırakma konusunda adeta master yapmıştır ayrıca sevgisini belli etmeyen erkeğin bile ona olan sevgisini, davranışlarından hemen fark eder. Kendine olan güveniyle her erkeğin hayatında fark yaratabilecek kadındır ve erkekler de onun bu öz güveni ve cesaretine âşık olurlar. Alfa kadını sizi kendi gözlemlerinin sonucuna göre değerlendirir, başkalarının sizin hakkınızda iyi de olsa kötü de olsa söylediği hiçbir şey umurunda olmaz. Hayatındaki her şey planlı, projeli, en ince ayrıntısına kadar organize edilmiştir ve hayatına alacağı kişi de belirli kurallara uyarak girer. Önceden titizlikle tasarladığı her şeyi uygular. Sevdiği insanı sahiplenir, korumacı ve kıskançtır ona karşı, çabuk öfkelenmesi bu yüzdendir. Fazlasıyla sadık olduğu için ayrıldıktan sonra sevdiği adamı yıllarca kalbinde taşır, başka bir ilişkiye koşmaz, sevgiye acı çekmeyi de dâhil eder ve ayrılık sonrası hemen başka insanlarla görüşerek aşk acısına ihanet etmez, aşkın acısına bile ihanet edemeyecek, onu bile kabullenip, bağrına basabilecek kadar sadıktır işte alfa kadını.

Unutmuş gibi davranmak, yok sayarak acısı yokmuş gibi delice eğlenmek alfa kadının intikamıdır ayrıca alfa kadınıyla tartışacaksanız sıkı giyinmelisiniz çünkü üstün zekâsı hiçbir şeyi ıskalamaz. Alfa kadınını kazanabilmek için size güvenmesini sağlamalı, imtihanlarını başarıyla geçmeli ve sevginizi inanılmaz derecede hissettirmelisiniz, alfa kadınının şövalyesi değil kılıcı olmalısınız, sağ duyunuz yüksek olmalı ayrıca entelektüel bir bilgi birikimine sahip olmalısınız çünkü alfa kadını öyledir, pratik bir zekâya sahip olduğu için öğrendiği şeyleri kolaylıkla aklında tutabilir, kolay adapte olur, çocuklarına çok erken büyümüş gibi davranabilecekleri sorumluluklar yüklemesini bilen annedir. Alfa kadınının çocukları da onun gibi oldukça öz güvenli, kimseye boyun eğmeyen bireyler olurlar ve bu yüzden annelerine her zaman saygı ve minnet duyarlar. Kimselere hiçbir şey anlatamayan insanlar bile alfa kadınıyla her şeylerini konuşmak isterler çünkü alfa kadınının insanlarla iletişimi, onlara olan yaklaşımı çok şefkat dolu ve huzur vericidir. Her zaman doğru olan bakış açısı alfa kadınının bakış açısıdır. Kullanmayı en çok sevdiği silahı seçiciliğini oluşturan pratik zekâsıdır ve bunu bildiği için öz güveni yerindedir ve kendisini çok net ifade eder. Düşünülenin aksine erkeğini yönetmeye çalışmaz çünkü ezik erkek değil de kendisi kadar güçlü erkek sever ve dişil enerjisini erkeğine karşı sonuna kadar kullanır. Bütün ilişkileri daima sağlamdır, dobra olduğu, olanı eğip bükmeden söylediği, öğrenmeye ve gelişmeye açık olarak karşısındaki insanı dikkatle dinlediği için bütün ilişkilerinde başarılıdır. Güçlerinin tamamını hedeflerine ulaşmak için birilerini değil, yeteneklerini kullanmaktan, sınırlarını korumaktan, kararlı duruşlarından alır alfa kadını. Etrafında gördüğü saygı ise kendine has olan o muhteşem aurasından, kendini tanımasından, kendine yakışan her şeyi bilmesinden, konuştuğunda insanları büyüleyen anlayışlı ses tonu ve hızlıca çözüm üretebilen pratik zekâsından kaynaklanır.

Alfa kadını çok zeki olduğu için konuşmaya başladığınız zaman ne demek istediğinizi, yüz ifadenizden mutlu olup olmadığınızı kolaylıkla anlayabilir çünkü alfa kadınının zekâsı sadece denklemleri çabuk kavramak ya da en karışık problemlerdeki bağlantıları çözebilmekten çok daha fazlasıdır. Sırrınızı almayı bilir ama onu kimseye vermez, yani güvenilir kadındır alfa kadını. "Tavlamak" kelimesine gülüp geçer ve salağa yatmak, bilmiyormuş gibi davranmak onun eğlenme yollarından biridir. Alfa kadını kendini sevdiği adama feda edecek potansiyele sahiptir fakat sevdiği adama kendini adarken bile asilliğini kaybetmez. Aşkında mantığını da kalbini de kullanmayı çok iyi bilir, ikisinin arasındaki dengeyi kurmakta üstüne yoktur çünkü gurur onun için her şeydir. Alfa kadınını mutlu edemiyorsanız başınız sıkıştığı zaman da ondan yardım istemeyin çünkü kötü gününde yanında olmayan, gözyaşını da kahkahasını da onunla paylaşmayan birine yardım etmez alfa kadını. Hele ki siz canını acıttıktan sonra bile gözyaşını silip gülüyorsa işiniz yaş demektir, Allah yardımcınız olsun.

Alfa kadınının ilgisini bitmez zannedip, sabrını test etmeyin. Birlikte olduğu insanın üstüne çok fazla düşer ama onunla oynadığınızı, ilgisi bitmez zannederek rahat davrandığınızı fark ederse birdenbire soğur sizden ve asla geri ısınmaz, çekip gider. Dışarıdan duygusuz, hiçbir şeyi kafasına takmayan biri gibi görünen alfa kadını bu şekilde kendisini dışarıdan korur ama bunu kimseye belli etmez. Alfa kadını üstün zekâsı sayesinde gerçeği bilmesine rağmen perdelemeyi de çok iyi bilir, birinin yalanının farkındaysa onu düzeltecekmiş hissi verir. Alfa kadınıyla birlikte olmak size huzur verir, ona sarılsanız iki gün kokusu üstünüzde kalır o denli sarar sizi sevgisiyle. Alfa kadını sadece sevdiği adamla değil sanki onun ailesiyle de birlikteymiş gibi özen gösterir sevdiği adamın ailesine ve bu sayede onların da göz bebeği olur sevdiği adamın da. Ayrıca alfa kadınının nerede nasıl davranacağını bilmesi, büyüğünün elini öpmesi, küçüğünü sevgiyle kucaklaması da sevdiği adamın ailesine "Bu kızdan oğlumuza iyi eş olur." cümlesini söyleyebilme izlenimini verir. Alfa kadınını bin kişi ister ama onu, güçlü bir kadın olmasına rağmen başını yaslayabileceği bir omuz olabilen kişi hak eder. Sevmek alfa kadını için sevilmekten daha önemlidir. Alfa kadını ile aşkı monoton hâlde yaşamanıza imkân yoktur çünkü cesareti, maceraperestliği ve kanındaki adrenalin sayesinde size harika bir ilişki yaşatır. Cesareti alfa kadınını ısrarcı ve dik başlı yapar, hedefine ulaşana kadar sürekli zorlar bu yüzden dışarıdan egoist gibi görünür. Alfa kadınını parayla pulla, lüks arabalarla, yemeklerle kendinize çekemezsiniz ama karakteriniz sağlamsa, herkesin imreneceği adam modeliyseniz ve bunu fark ettiyse sizi çekici bulmaya başlar.

Bazı kadınlar ateşten korkar ama alfa kadını ateşin kendisidir. Alfa kadını kapısına attığı çöple ilgilenmez bir ilişki onun için bittiyse af dileme, affetme gelenekleri olmaz o ilişkiyle ilgili çünkü alfa kadınına göre ya iyi bir ilişkisi olmalıdır ya da hiç olmamalıdır. Alfa kadınını sevseniz de ondan nefret etseniz de o bunu asla umursamayacaktır ve daima tereddütle yaklaşılan kadın olmaya devam edecektir. Bir alfa kadını atasözü "Love'ın beni güçlendirir, nefretin vazgeçilmez kılar; yakarak giderim ve benimle kaybettiklerini yerine koyman çok uzun zamanını alır." der. Yakarak gider ve son gülen daima o olur, intikamını alıp kahkahasını basar çünkü ateşinin cehennem ateşinden farksız olduğunu bilir. Alfa kadınıyla yarışamazsınız çünkü o hiç kimseyle kıyaslanamayacak kadar muhteşemdir. Sürülerle işi olmaz alfa kadınının, yalnız gezen güçlü bir dişi aslan gibidir o. Alfa kadını kendini öyle herkese kolay kolay açmadığı için hakkında duyduklarınızın sadece % 10'u gerçektir, gerisi söylentidir. Alfa kadını hiç kimsenin iltifatına gerek duymaz ve kendisini "Gezegenin en egoisti, en provokatörü ve en dominantıyım." diye tanımlaması onu dünyanın en korkulur dişisi yapar. Onun damarlarında kan yerine yırtıcılık dolaşır. Bedeninde de ruhunda da vardır bu tuttuğunu koparma özelliği.

ALFA KADINI MESAJLARINA CEVAP VERİLMEDİĞİNDE NASIL DAVRANIR?

Alfa kadını mesajına cevap verilmediğinde sıradaki davranış biçiminin, ilişki hikayesinin kaderini değiştirebileceğinin bilincindedir. Her şeyden önce bu bilgiyi göz önünde bulundurarak karşısındaki kişi tarafından, bir sonraki hamlesine göre kategorilendirileceğini gayet iyi bilir. Kendilerini an itibari ile tam da bu durumun içerisinde bulan kadınların bazıları için duygusal bir çöküş kaçınılmazdır, kimi ise sadece ufak bir sarsılma ile sıyrılırlar, kimi de maalesef iyice dibe vurur. Telefonu sürekli yanında taşımasına rağmen sana dönmemesini hazmedemiyorsun ve bu yüzden hiçe sayıldığını düşünüyorsun, seni öyle iyi anlayabiliyorum ki. Fakat unutmamalısın ki, bundan sonra kuracağın starteji seni ya ormanın kraliçesi dişi bir aslan yapacak, ya da ezildiğinde şikâyet etme hakkı dahi olmayan bir böcek… Karar senin.

Sadece onu füze saçan F12'ler misali mesaj bombardımanına tutmaktan kaçınıp en kötü senaryoları kafanda kurgu hâline getirmez ve onun arkadaşlarına veya ortak tanıdıklarınıza yazmazsan, karşı tarafının ilerde de sana karşı saygı duyma cüretini koruyabilirsin. İlk kitabım *İyi ki Yoksun*'da uzun uzun değindiğim gibi "*To be or, not to be.*" Olmak veya olmamak... Esas olan tek şey bu...

Klasik bir alfa kadını gibi davranarak, karşı tarafın gözündeki değerini stabilleştirebilirsin. Aksine mesajına cevap vermediği hâlde yine ve yeniden yazarsan karşı tarafa ezik ve saplantılı biri imajı bırakırsın, bu da emin olabilirsin ki, yok olmaya doğru atılmış büsbüyük bir adımdır. Böyle ilerlersen, her şeyi daha da çıkmaza doğru sürükler, ihtimali ise ölmeye mahkûm bırakırsın, ihtimal yaşadığı sürece varsın, diğer türlü kendi cenaze namazını kılmış olursun. Neymiş mesele? Mesele olmak veya olmamakmış.

Var sayalım ki, karşı taraf gerçekten de önemli bir mazereti olduğundan dolayı anlık olarak sana cevap veremedi. Olur mu? Olur! Ve düşünsene bu ihtimal masada olmasına rağmen ısrarla sürekli ona yazıyor ya da arıyorsun. Tebrikler artık nur topu gibi bir zaafın var. Karşı tarafa haddinden fazla değer verdin. Umarım bu davranışın ileride bir gün, "Ne aptalmışım seni daha az sevseymişim gitmezmişsin." cümlesini kurmanın habercisi değildir. Birkaç saatliğine herkes telefonuna bakamayabilir. Örneğin; çalışma saatleri içerisinde bakma ihtimali olmamış olabilir ama iki üç gündür ses soluk yoksa alfa kadını ikinci mesajı atma girişiminde bulunmaz çünkü bilir ki bunu yaptığı an sihir bozulur ve kadınlığından ödün verir alfalık kalır ama sonrasında gelen unvan değişir. Kendine hoş geldin, artık düpedüz bir Alfa sinsirellasısın. Kim ister? Hiç kimse!

Kendini hiçbir şekilde tutamıyorsan, alfa kadını bu denli iradesiz değildir de, hadi bir ihtimal kontrol dışı kaldın ve yazmıyorsun diye için içini yiyor farz edelim. İkinci mesajı illa atacaksan bari bu mesaj light olsun mümkünse, katiyen tehdit edici, kırıcı, şüphe ya da kıskançlık içeren, destan tadında uzunca bir mesaj olmasın. Tekrarlıyorum, deneyimli bir alfa kadını ikinci mesajı atarak yörüngesinin zedelenmesi ve bunun sonunda kaçınılmaz olan küçük düşme, daha da beteri aciz gösterilme riskini asla ve katiyen almaz. Karşı tarafın yazmıyor oluşunu kabullenmeyi iyi bilir, "Peki" der, tacını takar ve kendi yolunda devam eder. Deneyimli bir alfa kadınının damarlarında kan yerine gurur dolandığından olması gereken budur.

Alfa kadınının icat ettiği "Peki." küfrü erkeklerin, onun peşinden koşmasını tetikler. Alfa kadını dışarıda sevgisini kazanabilmek için varını yoğunu ortaya koyabilecek binlerce erkek olduğunun farkındadır ama alfa kadını, ilgi duymadığı erkeği silmesi ile bilinir. Alfa kadını hemen bitirmez ama bitirince de bileti *one way* keser. O, "Bitti." demeden bitmez.

Pratik zekası ona belki araç kullanıyordur, şarjı bitmiş olabilir gibi masada olan her ihtimali düşündürür. Onun için emin olmak önemli bir histir ve gerçeği öğrenene kadar ön yargılı yaklaşmaz bunun yerine sakince beklemeyi tercih eder. Üstün zekâsından kaynaklanan kendine has metotları vardır, kendini durduramayacak gibi olduğu anlarda telefonu eline alıp yüz kere "Yazdı mı, son görülmesi ne zamandı?" diye bakmaz, farklı şeylerle uğraşarak zihnini meşgul eder. Alfa kadını böyle bir durumda ortak arkadaşlar yerine kendi arkadaşlarıyla durumla ilgili konuşmaktan yanadır. Çünkü ortak arkadaşlar ara buluculuk yapmak isteyebilirler ve olay karşı tarafa bambaşka yansır. Unutma, alfa kadını günümüzün ara bulucularına asla ihtiyaç duymaz, O ormanda yalnız dolaşan asil dişi aslandır. O, iyi bir ilişkinin sırrının gerçekten de sır olduğunu ezbere bilir.

Alfa kadınının ön plana çıkan özelliklerinden biri de sadece ne istediğini bilmesi değil istediği her şeyi elde edebilecek güç, potansiyel ve zekâ kapasitesine sahip olmasıdır. Karşı tarafın, affedersiniz ama bir yerleri kalkana kadar peşinden gitmek yerine zamanını kendisine ayırır, kitap okuyarak, spor yaparak, kendini geliştirerek, kuaföre giderek güzelleşir. Alfa kadını arayışa düşüp kaliteden ödün vermez, o keşfedilir. Alfa kadını olmak bunu gerektirir, çünkü bu böyledir.